Wintersemester 1986/87

MICHAEL HOBEIN

Wintersemester 1986/87

Bibliografische Information der Deutschen Nationalbibliothek:
Die Deutsche Nationalbibliothek verzeichnet diese Publikation in der
Deutschen Nationalbibliografie; detaillierte bibliografische Daten sind im
Internet über http://dnb.dnb.de abrufbar.

Herstellung und Verlag: BoD – Books on Demand, Norderstedt
ISBN: 978-3-7448-0543-8

H. war eine Stadt von etwa zweihunderttausend Einwohnern. Noch keine Großstadt, aber auch keine Kleinstadt mehr. Sie lag am südöstlichen Rand des Ruhrgebiets, nordwestlich des Sauerlands, und gehörte weder zum einen noch zum anderen. Eine Konstellation, die jedoch keinerlei Auswirkungen auf die Gemüter ihrer Bewohner zu haben schien. Deren Anteil, der meinte, psychiatrische Hilfe in Anspruch nehmen zu müssen, lag nicht höher als anderswo. Vielleicht etwas höher als im Ruhrgebiet und etwas geringer als im Sauerland. Oder umgekehrt.

Im südlichen Teil der Stadt befand sich an exponierter Stelle seit den frühen sechziger Jahren zum Unwillen der meisten dortigen Bewohner ein Hochhaus mit sechzehn Stockwerken. Ein unansehnlicher grauer Kasten, der sämtliche anderen Gebäude des Stadtteils weit überragte und eine große Anziehungskraft auf potentielle Selbstmörder auszuüben schien.

Es handelte sich dabei niemals – bisher jedenfalls – um einen der Hausbewohner selbst, sondern immer nur um Personen, die dieses Haus betraten, um nach oben zu gehen oder zu fahren und herunterzuspringen.

Eigentümerin des Hauses war übrigens eine der großen deutschen Versicherungsgesellschaften. Kein schöner, aber ein durchaus interessanter Gedanke, einer der Selbstmörder könnte bei ihr eine Lebensversicherung abgeschlossen haben. Sofern bei Selbstmord bezahlt wird. Und sofern überhaupt bezahlt wird.

Von den Hausbewohnern, wenn sie nicht gerade ins Haus gingen oder es verließen, bekam kaum jemand jemals etwas davon mit. Es konnte zwar vorkommen, dass der eine oder andere in kurzer Zeit gleich mehrere Male mit solch einem Fall konfrontiert wurde, so wie es immer mal wieder vorkam, dass einem der eigene Nachbar gleich mehrere Male im Monat über den Weg laufen konnte; in der Regel aber bekam man weder seinen Nachbarn noch einen Selbstmörder zu Gesicht. Es herrschte, wie so oft in solchen Häusern, eine große Anonymität, unter der auch viele der Bewohner, wenn sie denn gefragt worden wären, zu leiden hatten, während einige wenige sie als durchaus angenehm empfanden, wie Jürgen Kullmann aus dem zwölften Stock, der nun schon seit geraumer Zeit auf den Schatten des pflegeleichten Warzenkaktus starrte, den die Strahlen der Sonne durch die halbgeschlossenen Jalousien von der Fensterbank auf die Wand warf.

Als der Schatten schließlich die Höhe der Bettkante erreicht hatte, kroch er aus den Federn, warf in der Küche zur Kontrolle einen Blick auf die Wanduhr – gleich drei – und begab sich ins Badezimmer. Während er sich die Zähne putzte, bemühte er sich, nicht in den Spiegel zu sehen, wagte beim Ausspülen des Mundes dann aber doch einen Blick auf sein Spiegelbild. Was er sah, war ein Gesicht, das durchaus seines hätte sein können. Er hatte Schlimmeres befürchtet. Mit der linken Hand fuhr er sich einige Male durch die langen, zerzausten Haare, um sie auf eine Art zu ordnen, die jeden anderen glauben ließ, er käme gerade aus dem Bett oder hätte sich seit Tagen nicht mehr gekämmt.

Auch eine Art von Eitelkeit, nicht eitel zu sein.

Irgendwann, als seine Haare etwa die Höhe der Brustwarzen und das Ende der Schulterblätter erreichten, hatten sie aufgehört zu wachsen. Einfach aufgehört. Ganz im Gegensatz zum Bart, diesem lästigen Ausdruck der Männlichkeit, der von Zeit zu Zeit noch gestutzt werden musste – obwohl er bisher noch nicht ausprobiert hatte, ob dieser nicht ebenfalls *irgendwann* aufhören würde zu wachsen.

Zurück im Wohnschlafraum seines Eineinhalb-Zimmer-KDB-Appartements, schaltete er den Fernseher ein, drehte den Ton ab und stellte das Radio an. Er schob seine beiden

Sessel mit den Vorderseiten zueinander, so dass sie eine Art Sofa bildeten, und machte es sich darauf bequem. Gedankenlos betrachtete er die Bilder auf dem Bildschirm und ließ die Musik aus dem Radio über sich ergehen.

Exakt um drei Uhr vernahm er an seiner Wohnungstür das *Klopfzeichen*: zweimal lang, zweimal kurz, wobei sich lang auf das Intervall zwischen dem ersten und zweiten und zweiten und dritten Klopfen bezog, kurz auf dasjenige zwischen dem dritten und vierten.

Er schritt gemächlich zur Tür und öffnete sie.

Es war, wie erwartet, sein Freund Thomas, der sich nun, »habe die Treppen genommen«, heftig atmend, »Trainingsprogramm – du«, an ihm vorbeischob, »verstehst?«.

Kullmann nickte und trottete hinter ihm her ins Zimmer, wo er die beiden Sessel wieder auseinanderzog, in denen sie sich nun einander gegenüber niederließen.

»Und? Wie«, Atempause, »geht's dir?«

»Öhm …« Kullmann schien ernsthaft nach einer Antwort zu suchen.

»Also, tja, diese Frage kommt irgendwie überraschend. Wie mir scheint, den Umständen entsprechend.«

Er tat so, als würde er nachdenken.

»Ja, genau, kann man so sagen. Und? Wie geht's dir?«

»Frag mich nicht, alter Freund. Frag mich bitte nicht. Einfach e-len-dig. Also, so gesehen, auch den Umständen entsprechend. Dieser verdammte Wodka … macht einen einfach fertig. Wann bist du letzte Nacht abgezogen? So gegen zwei, oder?«

Kullmann zuckte mit den Schultern.

Zwei, drei, etwas früher oder später. Er hatte keine Ahnung mehr.

»Na, und ich Trottel konnte es natürlich mal wieder nicht lassen«, begann Thomas seinen Bericht über das Ende der vergangenen Nacht, »und bin anschließend, angezogen wie die Motte vom Licht, in dieser Kneipe am Bahnhof gelandet, ›Wüste‹ oder ›Die Wüste‹. Ich setze mich an einen angemessenen Platz mittig an die Theke und bestelle ein Bier und einen Wodka, trinke den Wodka und bestelle noch einen. Nach Bier war mir nicht mehr, zu viel Quantität. Und nach diesem zweiten, schätzungsweise also dem insgesamt zwanzigsten bis fünfundzwanzigsten Wodka des Abends, überkommt mich, wie soll ich sagen, eine Art PARALYSE. Ich sinke mit dem Kopf auf das Thekenholz und will dieser vollbusigen Vollblutwirtin – weckte Instinkte in mir; weniger sexuell, mehr nach Muttern, hehe – ich will ihr immer wieder sagen: ›Bitte, ruf mir einen Krankenwagen. Oder wenigstens ein Taxi. Ich KANN nicht mehr!‹ Aber ich brachte auch kein Wort mehr heraus. Ich saß da, den Kopf auf der Theke, bei übrigens klarem Bewusstsein, das heißt, ich konnte alles hören und verstehen, was die Leute um mich herum von sich gaben, nur ich selbst konnte nichts mehr sagen, geschweige denn mich noch bewegen.«

Er sah Kullmann an, als erwarte er ein paar Worte des Mitgefühls, des Trostes oder auch einen Rat.

Kullmann wusste jedoch nicht, was er dazu sagen sollte.

Es war bedauerlich, sicherlich.

»Nun ja«, nuschelte er, »vielleicht durchaus verständlich, nach solch einer Menge harter Sachen …«

»Nein, nein«, wehrte Thomas ab.

Das war es nicht, was er hören wollte.

»Wenn es nur daran liegen würde, also am Alkohol, wäre es nicht so … *bedenklich.* Ich könnte aufhören. Jederzeit! Es ist etwas anderes. Es ist mehr – *tiefer.* Ich habe das Gefühl, dass es irgendwie mit meinen Problemen von ›Raum und Zeit‹ zusammenhängt.«

Wieder sah er Kullmann erwartungsvoll an, der aber immer noch nicht wusste, was er dazu sagen sollte.

»Tja, hm … wie ging es denn weiter?«, fragte Kullmann nach einer Weile des Schweigens. »Ich meine letzte Nacht.«

Thomas lächelte.

»Es ging nicht *weiter*. Ich hockte regungslos da, bis der Laden so gegen fünf, halb sechs dichtmachte. Dann packten mich zwei Typen und setzten mich vor die Tür. Wie einen vollen Müllsack. Diese Schweine! Irgendwie bin ich noch, blutige Rache schwörend, bis zu Herbert gekommen …«

Kullmann hörte nun kaum noch zu. Das Wesentliche war anscheinend gesagt, und es wurden ihm, so kurz nach dem Aufstehen, zu viele der Worte. Er achtete in erster Linie auf Mimik und Tonfall, um an gegebener Stelle entweder bestätigend zu nicken oder verneinend den Kopf zu schütteln. Eine Methode, die er bei anderen schon zur Regel gemacht hatte, bei seinem Freund Thomas allerdings nur selten anwandte. Es war ihm im Laufe der Jahre aufgefallen, dass die meisten Menschen nur etwas erzählen wollten. Irgendetwas. Was es war und ob ihnen nun jemand wirklich zuhörte oder nicht, war von keinerlei Bedeutung. Sie selbst hörten auch nie zu, wenn andere erzählten. Vermutlich weil sie wussten, was im Grunde alle wussten, ohne es sich in aller Deutlichkeit eingestehen zu wollen: Es nützte nichts. Jeder konnte sich nur allein helfen, weil man in den wichtigen und entscheidenden Momenten sowieso immer allein war. Und nicht nur allein, sondern allein *gegen* alle anderen – wie jede Kassiererin im Supermarkt bestätigen könnte.

»Wie bitte?«, fragte er nun, aufgeschreckt aus seinen Gedanken.

Thomas hatte ihm eine Frage gestellt, die mehr als ein Nicken oder Kopfschütteln erforderte.

»Hm, also, so genau weiß ich nicht, wen du meinst.«

»Na, den Typ, der letzte Woche schon bei Herbert war. Der, der nach jedem Bier eine Flasche Underberg hinterhernahm, für den Magen.«

»Ach so, Gerhard. Oder Gerd.«

»Genau, Gerd, glaube ich. Oder Gerhard. Ist auch egal. Jedenfalls war der gerade auch noch da, und Doc natürlich und Herbert selbst, und alle sind schon wieder am Saufen. Oder immer noch.«

»Wolltest du nicht heute nach Bochum zur Uni fahren«, wechselte Kullmann das Thema und verzog sein Gesicht zu einem leichten Grinsen, »um dein Studium noch mal aufzunehmen?«

Thomas war seit siebzehn Semestern an der Ruhr-Universität für Anglistik und Germanistik eingeschrieben, hatte aber in den vergangenen zwei, drei Jahren immer häufiger immer größere Schwierigkeiten bekommen, noch an Vorlesungen oder Seminaren teilzunehmen. Ihm war einige Male zu Beginn einer Vorlesung bei dem Gedanken, sich dieses Gerede nun eineinhalb Stunden anhören zu sollen, dermaßen unwohl geworden, dass er den Hörsaal nach wenigen Minuten fluchtartig verlassen hatte. Schon bald darauf besuchte er überhaupt keine Vorlesung mehr, wenig später auch keine Seminare und war zuletzt nicht einmal mehr zum Kaffeetrinken zur Uni gefahren.

Nun, zu Beginn des Wintersemesters 86/87, hatte er sich mangels Alternativen vorgenommen, einen letzten Versuch zu unternehmen, das Ganze doch noch zum Abschluss zu bringen.

»Heute auf keinen Fall! Bin viel zu schwach. Ich hoffe, morgen oder übermorgen wieder fit genug zu sein, um es in Angriff nehmen zu können. Geht sowieso erst in den nächsten Tagen richtig los. Den einen Scheißschein noch in englischer Literatur, dann habe ich den ganzen Blödsinn hinter mir. Nun gut, noch ein paar Prüfungen, die Magisterarbeit … einen ersten Entwurf habe ich in den letzten Wochen übrigens schon geschrieben, über die Wissenschaft im Allgemeinen: »De Scientia« … Kann ich dir irgendwann mal zeigen – weißt du übrigens, wo ich gestern meinen Wagen abgestellt habe?«

»Hm, müsste am Markt stehen, auf dem großen Parkplatz. Wenn du nicht noch gefahren bist.«

»Bin ich nicht, glaube ich. Weißt du zufällig auch, wann wieder Markt ist?«

»Nein, keine Ahnung«, Kullmann lächelte, »wahrscheinlich heute.«

Thomas lächelte ebenfalls.

»Wahrscheinlich. Na, dann steht die Karre jetzt wenigstens bestens gesichert beim Abschleppdienst.«

Er erhob sich.

»Ich wollte noch kurz rüber zum Supermarkt, um was zu trinken zu holen … ich meine, Mineralwasser. Kann ich dir etwas mitbringen? Ich meine, nicht Mineralwasser, überhaupt, *irgendetwas*? Tabak, Brot, Bier?«

»Nein danke, ich glaube, ich brauche nichts. Ich wollte mich ohnehin gleich wieder hinlegen.«

»Ich beneide dich, mein Freund. Dich und deine Ruhe. Und du bist so schrecklich vernünftig. Bah! Ich komme vielleicht gegen Abend noch mal vorbei. Oder morgen Mittag. Okay?«

»Ja, tu das.«

»Bis dann.«

»Bis dann.«

Nachdem Thomas gegangen war, schaltete Kullmann das Radio aus, drehte den Ton des Fernsehers an, stellte die beiden Sessel wieder mit den Sitzflächen voreinander, legte sich darauf und sah zum Bildschirm.

Er hatte Thomas vor etwa sieben Jahren kennengelernt, wenige Wochen nach seinem Einzug hier ins Haus. Ein, wie sich herausstellte, gemeinsamer Bekannter hatte ihn besucht und überreden können, mit nach unten in den achten Stock zu Thomas zu kommen, wo sie ihn am späten Nachmittag noch im Bett liegend antrafen. Keine Ausnahmesituation, wie Thomas ihnen versicherte. Er würde diese Position schon seit seinen frühen Jugendjahren bevorzugen, als er, nicht einmal schmerzlich, sondern rein sachlich, habe feststellen müssen, kein sonderliches Interesse am üblichen Treiben seiner Altersgenossen zu haben. Später dann, nicht zuletzt aufgrund ausreichender Gelegenheit, im Bett in aller Ruhe über alles nachdenken zu können, habe er nach tief- bis abgründigen Überlegungen über Sinn und Unsinn des Lebens diese Position beibehalten, weil er durch eben diese Überlegungen geradezu unausweichlich, wie er meinte, zu einer *finalen* Sichtweise gelangt sei. Eine Sichtweise, aus der nun mal sämtliches Handeln keinen Sinn habe, um nicht zu sagen: sinnlos sei. Nichts als ein mehr oder weniger gelungener oder misslungener Versuch, sich die Zeit zwischen Geburt und Tod, also dem *Finale*, zu vertreiben.

Kullmann, der damals gerade, endlich befreit von elterlicher Fürsorge und Bevormundung, mit ähnlichen Gedanken spielte, war tief beeindruckt von dieser Sichtweise, machte sie sich schon in den ersten Wochen ihrer beginnenden Freundschaft zu eigen und fand nun mit Hilfe dieser philosophisch untermauerten Unterstützung endlich den Mut, seinen schon lange gehegten Wunsch in die Tat umzusetzen, nicht nur seine Nächte, sondern auch die Tage immer häufiger im Bett zu verbringen.

Er selbst hatte sein halbherzig begonnenes Studium der Biologie schon vor Jahren bedenkenlos und endgültig aufgegeben. Seine damalige, vage Vorstellung, in späteren Jahren einmal etwas in Richtung der Verhaltensforschung zu machen, eine Art Konrad-Lorenz-Dasein zu führen, wochen-, monate- oder jahrelang irgendwelche Gänse oder sonstiges Viehzeug zu beobachten, würde schließlich nicht nur final, sondern auch kausal auf einer Skala der Sinnlosigkeit ganz oben liegen.

Oder ganz unten.

***

Am nächsten Tag gegen Mittag kam Thomas wieder vorbei, um sich Kullmanns Auto auszuborgen. Das eigene stand noch immer auf dem Marktplatz. Oder dem Hof des Abschleppdienstes. Außerdem, so Thomas, sei ihm in der vergangenen, nebenbei schlaflosen Nacht eingefallen, dass er seiner Mutter vor Tagen schon einen Besuch angedroht habe.

»Ich bin, der Monat ist kaum älter als zwei Wochen, schon so gut wie pleite. Und vom kleinen Vorschuss abgesehen, will ich bei der Gelegenheit auch gleich versuchen, die monatliche Überweisung ein wenig in die Höhe zu treiben. Das Leben ist kostspielig, und die Alte überweist seit Jahren, unter Missachtung sämtlicher Tariferhöhungen, diese läppischen achthundert Mark monatlich. Wer soll davon noch leben? Oder sterben?«

Thomas zog sich nun, verschmitzt grinsend, zunächst die Jacke aus, ließ dann die Hose fallen und posierte vor Kullmann, der sich schon nach dem Öffnen der Wohnungstür wieder zurück ins Bett gelegt hatte, in einer blauen Strumpfhose.

»Und? Wie sehe ich aus?«

»Gut. Wie eine von diesen Ballettschwuchteln.«

Kullmann zog sich die Decke über den Kopf und schob sie wieder zurück.

»Und was soll das?«

»Wart's ab, mein Freund.«

Er drehte Kullmann den Rücken zu und knöpfte sein Hemd auf, unter dem er ein langärmeliges T-Shirt im gleichen blauen Farbton wie die Strumpfhose trug, wandte sich schließlich, die Arme keusch vor der Brust verschränkt, um, summte »je t'aime …« und öffnete langsam die Arme, so dass allmählich vorne auf dem T-Shirt das allseits bekannte fünfeckige Emblem mit dem roten »S« auf gelbem Hintergrund sichtbar wurde.

»Nenn mich: SUPERMAN. Der Stählerne.«

Unter beiderseitigem Gelächter entledigte er sich noch seiner Schuhe, warf, »Rote Socken!«, abwechselnd mal das eine, mal das andere Bein in die Luft, streckte dann den rechten Arm, zur Faust geballt, in die Höhe und setzte den linken auf die Hüfte – hob jedoch nicht ab.

»Ich habe Muttern schon beim letzten Besuch erzählt – du weißt, von Zeit zu Zeit seh ich die Alte gern und hüte mich, mit ihr zu brechen – dass mir demnächst wohl nichts anderes übrigbleiben würde, als neben dem zeitraubenden Studium, haha, noch einen Job anzunehmen, um … um überhaupt überleben zu können. ›Mutti, ich habe jetzt einen Job gefunden. Ich jage Alligatoren!‹ Also, kurz, ich gedenke, ihr irgend so eine haarsträubende Geschichte zu erzählen, die sich in den fünfziger Jahren in den USA abgespielt haben soll, als Eltern ihren Kindern süße, kleine Alligatoren kauften, die dann, als sie größer und größer wurden, im Abort landeten und sich so in der Kanalisation ausbreiten konnten. Nun sei das Ganze, mit etwas Verspätung, wie immer, zu uns rübergeschwappt. Kinder bekämen diese kleinen Viecher, sie würden größer und gefährlicher … die Alligatoren, vielleicht auch die Kinder, und wohin damit? Ab ins Klo, in die Kanalisation. Mit den Alligatoren, nicht mit den Kindern. Oder?«

Er dachte kurz nach.

»Ungeborenen, vielleicht. Also, kurz und gut: Ich wollte mich nun bei der Stadt als Alligatorjäger bewerben, um nicht zu sagen, als DER Alligatorjäger schlechthin. Spezialauftrag, den berüchtigten Alphaalligator zu finden und unschädlich zu machen. Ein Job für Superman. Dieses Biest, ein Kaltblüter wie alle Reptilien …?«

Er blickte Kullmann fragend an, der nur mit den Schultern zuckte.

»Ich dachte, du hättest mal mit Biologie angefangen. Wie auch immer. Dieses Biest schnappt sich Warmblüter, mit Vorliebe junge Menschen zwischen fünfzehn und fünfundzwanzig, um sie, nein, nicht einfach zu fressen, sondern *auszusaugen*, ihnen ihre Kraft, ihre Energie zu nehmen, sie kaltzumachen, *erwachsen*, hehe … Daher übrigens all die Toten auf den Straßen, meist in Gullydeckelnähe. ›WIE, Mutti, du hast noch nichts davon gehört oder gelesen? WO lebst du denn?‹ Na, die Alte hält mich zwar ohnehin für verrückt, aber sie glaubt mir in der Regel *alles*. Zweihundert Mark mehr, hehe, und ich könnte es sein lassen. ›Mutti, ich weiß doch, dass der Name der Familie auf dem Spiel steht, falls herauskommen sollte, wer sich *wirklich* hinter Superman verbirgt.‹«

Thomas war sich bewusst, dass solche Worte, so schwachsinnig sie auch sein mochten, ihre Wirkung auf seine Mutter haben würden. Unter seinen Vorfahren mütterlicherseits, alteingesessenen Kleinindustriellen aus der hiesigen Metallindustrie, waren einige, die um die Jahrhundertwende zum Kreis von Karl Ernst Osthaus gehört und sich wie dieser als Kunstmäzene hervorgetan hatten. Eine kleine Straße, kaum einem ortsansässigen Taxifahrer bekannt – seine Mutter wurde wild, wenn er von einer Sackgasse sprach, was nun mal die Wahrheit war – trug noch den Namen ihres Großvaters, seines Urgroßvaters.

Thomas verwandelte sich zurück von Superman in Clark Kent, indem er sich seine Sachen wieder anzog.

»Glaubst du eigentlich, dass man beides haben kann? Ich meine: Klaustrophobie UND Agoraphobie?«

»Tja, also, wieso?«

»Tja, also, wie soll ich sagen? Wie du weißt, wage ich mich seit einiger Zeit kaum mehr in den Fahrstuhl, diese Enge … und der Gedanke, das Ding könnte steckenbleiben, brrrh, grauenvoll. Andererseits wird mir auch ziemlich mulmig, wenn ich gewisse Entfernungen überwinden muss, je größer, desto mulmiger. In etwa das, was ich als Problem mit ›Raum und Zeit‹ bezeichne. Dieser widerliche *Zwang*, immer eine gewisse Zeit zu benötigen, um von einem Punkt zum anderen zu gelangen, jedenfalls unter normalen irdischen Umständen. Oder einfach auch dann, wenn ich mich selbst irgendwie, gewissermaßen außer mir stehend, als Individuum realisiere, lost in time and lost in space ...«

Kullmann zuckte mit den Schultern.

Thomas hatte schon des Öfteren in letzter Zeit von solchen Problemen gesprochen, die für ihn jedoch nicht oder nicht mehr nachvollziehbar waren. Seine eigene, dazu noch kleine Phobie, mal mehr, mal weniger stark ausgeprägt, waren diese achtbeinigen, in unseren Breiten eher kleinen, meist dunklen Geschöpfe, die draußen ihre Netze auswerfen sollten, um Fliegen oder sonstiges Kleintier zu fangen und zu fressen, sich aber gefälligst von der menschlichen Bewohnung fernzuhalten hatten. Vielleicht sogar weniger eine Phobie als vielmehr Ekel – wenn beides nicht ohnehin eng miteinander zusammenhing. In jedem Fall etwas durchaus Verständliches, wie er meinte. Außerdem konkret und nicht so abstrakt wie diese vermeintlichen Phobien von Thomas.

»Was sagt denn das ›Lexikon der Psychologie‹?«, fragte Thomas.

Kullmann, nicht bereit aufzustehen, blickte zum Bücherregal.

»Bediene dich. Du weißt, wo es steht.«

Thomas holte das dreibändige Lexikon aus dem Regal und blätterte eine Weile in Band 1 (A – Gyrus) und Band 2 (H – Psychodiagnostik) herum.

»Was soll das?«

Er schüttelte den Kopf.

»Ich zitiere: ›Agoraphobie, Angst, offene Plätze zu überqueren oder sich dort aufzuhalten‹. Nicht minder treffend: ›Klaustrophobie, Furcht vor Aufenthalt in geschlossenen Räumen‹.«

Er stellte die Bände wieder zurück ins Bücherregal.

»Das sind Beschreibungen, dazu noch allgemein bekannte, keine Erklärungen oder gar Gründe und Ursachen. Mir scheint, auf diesem Gebiet ist überhaupt alles sehr schwammig. Oder?«

Kullmann nickte.

»Vielleicht sollte ich es mal bei einem Fachmann versuchen, einem Psychiater oder sowas. Was meinst du?«

»Keine schlechte Idee. Oder du machst es einfach wie ich vor einigen Tagen, als ich mir vorgestellt habe, ich sei zu einem Psychiater gegangen und läge bei ihm auf dem Sofa. Der Mann sagt:

›Dann erzählen Sie doch mal, Herr Kullmann, was Sie so alles bedrückt.‹

Ich sage: ›Herr Doktor, ich weiß es nicht genau. Um offen und ehrlich zu sein, ich mache mir große Sorgen um meinen Geisteszustand, weil ich …‹«, ein breites Grinsen, »»häufig Selbstgespräche führe.‹«

Sie lachten beide. Über den netten Witz, aber auch und nicht zuletzt über sich selbst und ihr ständiges Theater um ihre kleineren und größeren Wehwehchen. Wenn sie nur nicht diesen interessanten, süßsauren Beigeschmack hätten. Außerdem und im Übrigen und nicht zuletzt war es doch nicht so sehr ihr eigenes Innenleben, das Anlass zu Besorgnis gab, sondern vielmehr das der anderen. Sie beide, Thomas natürlich im Besonderen, waren einfach nur *so* sensibel zu realisieren, dass alles den Bach hinunterging. Ganz im Gegensatz zu den meisten ihrer Mitmenschen, die nichts, aber auch gar nichts realisierten. Die wirklich bedenklichen Fälle der Zufriedenen, die da meinten, alles sei in Ordnung. Unheilbare Wesen, Hypochonder, die in dem Glauben lebten, sie seien gesund!

Nach diesem wieder mal zufriedenstellenden Abschluss ihres Gesprächs verabschiedete sich Thomas bis irgendwann zum frühen oder späten Abend, ließ sich von Kullmann dessen Autoschlüssel aushändigen, verließ die Wohnung und anschließend das Hochhaus.

***

Es war einer dieser sonnig-milden Tage, wie es sie häufig zwischen Anfang und Mitte Oktober gab. Ein Tag, an dem auch die Gemüter der Menschen milder und sonniger waren als gewöhnlich, und an denen die Damenwelt eine der letzten Gelegenheiten vor dem langen, kalten, grauen Winter wahrnahm, um zu zeigen, was sie zu bieten hatte. Mehrere Male drehte er sich nach zwei gering bekleideten Mädels um, die mit Brüsten von noch nicht voller Reife vor dem Hauseingang standen, bis sie endlich guckten, ob er auch nach ihnen guckte.

Ja, klar, Mädels, ihr seid eine Wonne.

Und es war auch einer dieser Tage, an dem der Hausmeister des Hochhauses, ein Alkoholiker wie wohl viele seiner Kollegen, seiner Lieblingsbeschäftigung nachging, die darin bestand, auf seinem Rasenmähertraktor über den Rasen, der das Haus umgab, zu jagen. In den Augen wie immer diesen leicht irrsinnig wirkenden, zielgerichteten Blick, als ginge es darum, sämtliche Konkurrenten hinter sich zu lassen, um als Erster die Ziellinie zu überfahren.

Thomas stellte sich an den Rand des Rasens und hielt, als sich der Hausmeister näherte, den »Anhalterdaumen« hoch.

Der Mann hielt an, ohne den Motor abzustellen.

»Hören Sie!«, schrie Thomas. »Sie sagten vor einigen Tagen, es sei in letzter Zeit bei mir mal wieder sehr laut gewesen!«

»Was?«, schrie der Hausmeister.

»Das Ding«, Thomas zeigte auf den Rasenmäher, »ist aber sehr laut!«

Er steckte sich jeweils einen Zeigefinger in jeweils ein Ohr.

Der Hausmeister nickte, sein Blick richtete sich wieder nach vorne, er gab Gas und donnerte davon.

Von seiner Tätigkeit abgesehen, bei schönem Wetter den Rasen zu mähen – bei schlechtem Wetter traf man ihn, immer ein offenes Ohr für die Sorgen der Bewohner, gewöhnlich im Keller an, wo er sich eine kleine Bar eingerichtet hatte –, betrachtete es der Hausmeister als seine vorrangige Aufgabe, jeden einzelnen der jüngeren Bewohner immer wieder zu ermahnen, an die älteren zu denken und nicht zu großen Lärm zu machen, während er jedem einzelnen der älteren Bewohner versicherte, die jüngeren dahingehend ermahnt zu haben.

Immer dann, wenn Thomas von ihm eine Mahnung erhalten hatte, versprach er mit schlechtem Gewissen, weil es in den letzten Tagen sicherlich irgendwann einmal bei ihm sehr laut gewesen war, es solle in Zukunft nicht mehr vorkommen. Seit längerem wurde Thomas allerdings den Eindruck nicht los, dass der Mann ihn mitunter mit jemand anderem verwechselte, worüber er sich seit einigen Tagen sogar sicher zu sein glaubte. Nach dessen Aussage sollte er nicht nur Lärm gemacht haben, obwohl er in letzter Zeit kaum zu Hause war, sondern der Mann hatte ihn auch gebeten, in Zukunft das Grillen auf dem Balkon zu unterlassen.

Er hatte gar keinen Grill – und auch nicht den Wunsch, einen zu haben.

Eine irgendwie unangenehme Vorstellung, ein anderer könne so aussehen wie er selbst, ein *Doppelgänger*.

Ähnlich unangenehm, wie ihm nun auf der Fahrt zu seiner Mutter der Gedanke wurde, ihr gleich von Angesicht zu Angesicht gegenüberzustehen, sich gar mit ihr in irgendeiner Form auseinandersetzen zu müssen.

Noch vor einigen Wochen, er hatte Kullmann aus weiter Entfernung etwas zugerufen, meinte er, *ihre* Stimme aus *sich* herausgehört zu haben, so wie sie ihn damals, als er noch ein Kind war, gerufen hatte: »Tho-ho-mas!« Oder: »Tommi-lein!«

Grauenvoll. Dieses Bewusstsein, genetisch zu etwa fünfzig Prozent aus ihr zu bestehen, ihren Hang zu kleineren Neurosen und leichteren Depressionen mit auf den Weg bekommen zu haben. Und zu weiterer etwa fünfzig Prozent aus einer anderen Person, die sich, zumindest nach seiner in späteren Jahren eigens aufgestellten Theorie, schon in Jugendjahren in eine Lungentuberkulose geflüchtet, sich jahrelang auf den Zauberbergen der Sanatorien herumgetrieben hatte, um mit Ende zwanzig, kaum zwei Jahre, nachdem er noch einen Sohn in die Welt gesetzt hatte, von der Bühne abzutreten. Gerade mal in dem Alter, in dem sich nun auch er selbst befand.

Genetisch gesehen, also mit geradezu einhundert Prozent, war er mit Dispositionen behaftet, auf denen man nicht gerade ungetrübt nach vorne schauen konnte.

Allerdings sah Thomas sich nicht nur individuell, sondern auch allgemein als letztes Glied einer Kette von Geschlechtern, in deren Verlauf sich sämtliche Werte der vergangenen Jahrhunderte und Jahrtausende aufgelöst hatten, in der Gott und Götter, Glaube, Moral, Hoffnung, selbst die Vernunft zu inhaltslosen Begriffen geworden waren, mit denen zwar auch er selbst noch belastet war, ohne jedoch mit ihnen noch etwas anfangen zu können. Wohlwissend, dass nach Auflösung aller Werte nicht etwa die Wahrheit übrigblieb, sondern, alle Unwahrheiten abgezogen: NICHTS.

In diesen schwerwiegenden Gedanken verloren, ohne wie gewöhnlich eine Antwort zu finden, welcher Schluss aus solchen Erkenntnissen zu ziehen sei – etwa an etwas zu glauben, obwohl es nicht wahr war –, machte er auf halber Strecke zu seiner Mutter kehrt und fuhr zum großen Marktplatz, um sich wenigstens die *eine* konkrete Frage beantworten zu können, ob denn sein Wagen noch da war oder nicht.

An der Stelle, an der er glaubte, seinen Wagen vorgestern abgestellt zu haben, befand er sich anscheinend nicht mehr. Er stieg aus und ging systematisch die Reihen geparkter Fahrzeuge ab, ohne dabei seinen schönen, alten, geräumigen Opel Rekord, noch mit Lenkradschaltung, entdecken zu können. Offensichtlich war gestern oder heute Morgen Markt gewesen und das gute Stück abgeschleppt worden. Nur hätte es ohne genug Geld in der Tasche wenig Sinn, zum Abschleppdienst zu fahren, um ihn abzuholen. Außerdem hätte er auch nicht gewusst, wie er gleichzeitig zwei Wagen, seinen und Kullmanns, hätte zurückbringen sollen.

Eine Zeitlang streifte er noch ziellos herum, kaufte sich in einem Kiosk ein Päckchen Tabak, dazu eine Tüte Weingummi, die Alternative zum nachmittäglichen Bier, und fuhr, weil er nicht wusste, was er tun sollte, obwohl er gerne etwas getan hätte, wenigstens *irgendetwas*, nach Hause. Dort legte er sich, um den fehlenden Schlaf der letzten Nacht nachzuholen, ins Bett, überzeugt davon, dass er sich anschließend, wenn nicht wie neugeboren, so doch besser fühlen würde als im Moment.

In der vergangenen Nacht war es ihm einfach nicht möglich gewesen einzuschlafen. Wie eigentlich immer in der ersten einigermaßen nüchternen Nacht nach einigen Tagen und Nächten ununterbrochenen Saufens. Immer dann, wenn es so weit war, und der Bruder des Todes ihn zu übermannen begann, erschrak er so sehr über den Fall in dieses endlose dunkle Loch, dass er augenblicklich wieder hellwach war. Tagsüber war es irgendwie erträglicher, man machte einfach die Augen wieder auf, und es war hell ... und alles in Ordnung.

Am späten Nachmittag, nach immerhin fast drei Stunden tiefen Schlafs, wachte er mit den letzten Bildern eines Traumes vor Augen wieder auf.

Susanne, groß, schlank, schön, hatte ihren Blick fragend auf ihn gerichtet. Selbst den Klang ihrer Stimme hatte er noch im Ohr ... wie sie ihn vor einigen Wochen gefragt hatte, was denn mit ihm los sei.

Ob er etwa in sie ...?

Nichts, alles in Ordnung, hatte er geantwortet, weil er es niemals zugegeben hätte, obwohl er wusste, dass sie recht hatte, und es ihn irgendwie traurig stimmte, als sie ihn wieder verlassen wollte.

Sie, die schon seit Jahren immer zu ihm kam, wenn sich der neue Mann ihres Lebens mal wieder nicht als solcher herausgestellt hatte, blieb dann für ein paar Tage, auch mal für ein, zwei Wochen bei ihm und ging wieder. So einfach, so klar. Vielleicht weil er nie irgendwelche Anstalten machte, sie zu halten?

Oder gerade deswegen?

Er genoss es durchaus ein jedes Mal und von Mal zu Mal mehr. Diese angenehme, ungezwungene Beziehung mit ihr, deren Ende vorhersehbar war. Ein Spiel von Mann und Frau, aus dem zunehmend, für ihn zumindest, so etwas wie Ernst geworden war. Schon beim vorletzten Mal hatte er bemerkt, dass es ihm viel näher als jemals zuvor gegangen war, sie einfach gehen zu lassen. Und beim letzten Mal dann, sie kamen am frühen Abend von einem Spaziergang zurück in seine Wohnung, war er wirklich den Tränen nahe, als sie ihm sagte, sie habe es nun mehr oder weniger überwunden, sie würde gleich gehen.

SIE hatte es überwunden. SIE würde gleich gehen. Alles drehte sich nur um SIE. Auch wenn er glaubte, dass ihre Gefühle ihm gegenüber von ähnlicher Natur waren wie die seinen … vielleicht ein Wort von ihm oder zwei: »Bitte, bleibe«, aber sie kamen nicht über seine Lippen, obwohl er dieses Mal schon im Voraus erahnte, was geschehen würde und was auch tatsächlich geschah, nachdem sie gegangen war: Seine Wohnung war so still, so leer wie niemals zuvor, und er kam sich zum ersten Mal in seinem Leben allein vor, schrecklich allein. Das, was man wohl auch mit einem anderen Wort, ohne allzu dramatisch werden zu wollen, als *einsam* bezeichnen konnte.

Seinen alten Freund Kullmann hatte er in dieser Situation, nur weil ER sich nun allein fühlte, nicht in Anspruch nehmen wollen. Nicht zuletzt auch deswegen, weil er sich schon tagelang wegen Susanne nicht mehr bei ihm hatte sehen lassen.

Auch jetzt, noch keine sechs Uhr, wollte er Kullmann nicht auf die Nerven gehen. Erst so gegen acht. Und bis dahin hieß es mal wieder, *irgendwie* die Zeit totzuschlagen.

***

Exakt um acht Uhr machte er sich dann auf vom achten in den zwölften Stock und erstattete Kullmann Bericht über seinen Tagesablauf, in dem er es zwar nicht zu Muttern geschafft, nun aber die Gewissheit hätte, dass sein Wagen abgeschleppt worden sei.

»Es macht dir doch nichts aus, wenn wir morgen Mittag oder Nachmittag kurz beim Abschleppdienst vorbeifahren, um meinen Wagen abzuholen?«

Kullmann verzog sein Gesicht, als sei er von der bevorstehenden Aktion im Voraus schon erschöpft.

»Danke, alter Freund«, sagte Thomas. »Du bist immer so … geradezu aufdringlich in deiner Hilfsbereitschaft. Öhm, da ich gerade dabei bin, sollen wir noch kurz zu Herbert fahren? Ich glaube, ich habe ihm am Wochenende einen Hunderter geliehen, den ich gerne zurückhätte. Es sei denn, DU leihst mir hundert und holst sie dir dann von Herbert wieder. Damit könnten wir uns natürlich den Weg dorthin ersparen.«

»Letzteres wäre mir lieber – wenn ich noch so viel Geld im Haus hätte.«

»Na siehst du, betrachte es also einfach als Wink des Schicksals und lass uns hinfahren. Nur kurz, wirklich. Mal hier rauszukommen, würde dir auch ganz guttun. Glaube mir.«

Kullmann entstieg unter Aufbietung seiner letzten Kräfte, so hatte es den Anschein, dem Bett. »Ja, ja, nur *kurz*. Und nur noch *ein* Bier. Und noch ein *allerletztes*. Alles klar. Aber DU fährst.«

Im Wagen dann zog Thomas ein doppelt gefaltetes, schreibmaschinenbeschriebenes DIN-A4-Blatt aus seiner Jackenta-sche.

»Hm, ich muss dir noch etwas gestehen, alter Freund. Also, heute Nachmittag, als ich nach einem schönen kleinen Mit-tagsschlaf aufwachte, spukte mir Susanne im Kopf herum. Ich habe dann, also nur um mir die Zeit zu vertreiben, nun ja, ein kleines Gedicht geschrieben. Mein erstes, wahrscheinlich auch mein letztes. Stark gekürzt, ich meine, den ganzen Anfang von wegen Liebe und Leid habe ich weggelassen. Wenn du, vielleicht, die Güte hättest, es dir mal durchzulesen. Du weißt, von Haus aus bin ich Romantiker.«

»Schon gut.« Kullmann winkte ab, nahm das Blatt und be-gann zu lesen.

Der Herzneurotiker

.

..

...

Ist es ihr
Herz,
Vor dem ich mich
Fürchte?
Oder ist es mein
Herz,
Das sich vor sich selbst
Fürchtet?
Vor sich selbst,
Weil es weiß:
Zu Ende gedachte Gedanken
Führen am Ende ins
Nichts,
Und wer immer zerstört hat,
Was er geliebt,

Ist am Ende
Allein.
Allein,
Und kann es nicht ertragen.
Allein
Mit sich und seinem

.

..

...

Herz.

Kullmann reichte Thomas schweigend das Blatt zurück und sah ausdruckslos nach vorne.

»Sag jetzt bitte nichts, mein Freund. Ich weiß, du brauchst Zeit, um die angemessenen Worte zu finden. Du wirst vermutlich einzuwenden haben, dass eine gewisse Logik zu fehlen scheint. Bedenke dabei aber, dass es sich zum einen um eine Art Liebesgedicht handelt, zum anderen – du dürftest es kaum bemerkt haben«, Thomas warf Kullmann einen geringschätzigen Blick zu, »habe ich geklautes Zeug eingebaut. ›Zu Ende gedachte Gedanken ...‹ ist von Nietzsche gesagt worden, glaube ich, und ›wer immer zerstört ...‹oder schlimmer noch ›jeder tötet, was er liebt ...‹ ist von Wilde schon mal gesungen worden, diesen beiden Ästhetikern unter den Moralisten. Als gewagte Wendung wollte ich gar sagen ›wer immer zerstören *muss* ...‹, aber das kam mir dann doch allzu gewagt vor.

Im Übrigen ist es nicht nur, wie es im Text heißt, das Herz, das mir Sorgen bereitet, sondern auch mein Geisteszustand. Und bitte, keine weiteren Diskussionen mehr. Wir sind sowieso gleich da.«

***

Vor Herberts Wohnung mussten sie eine Weile warten, bis die Tür geöffnet wurde. Und nicht der Hausherr selbst, sondern sein älterer Bruder Werner stand, in einen seidenen, farbenfrohen Bademantel gehüllt, vor ihnen.

»Hallo. Du noch hier?«, fragte Thomas. »Oder schon wieder?«

»Schon wieder. Oder immer noch. Kommt rein.«

»Wo ist Herbert?«, fragte Kullmann.

»Wie spät ist es?«

Thomas holte seine Armbanduhr ohne Armband aus der Hosentasche.

»Genau kurz vor fünf vor halb neun, ungefähr.«

»Bier? Oder Wein?«, fragte Werner.

»Bier«, sagte Thomas.

»Mir auch«, sagte Kullmann.

»Und?«, fragte Thomas.

»Was und?« Werner wusste nicht, was Thomas von ihm wollte.

»Kullmann fragte gerade, wo Herbert sei.«

»Herbert? Der ist vor drei, vier Stunden losgezogen, angeblich um Gerhard abzuholen. Flasche Mariacron in der Jackentasche und Fotoapparat um den Hals. Bilder zu *malen*, dauert ihm zu lange. Er will in Zukunft nur noch Fotos machen.«

»Flasche Mariacron«, Thomas grinste, »dann dürfte heute kaum noch mit ihm zu rechnen sein.«

»Seine beste Freundin«, witzelte Kullmann, »Maria Cron.«

Weder Werner, der wieder im Badezimmer verschwand, um nach dem Bad, das er gerade genommen hatte, Toilette zu machen, konnte sich ob des billigen Witzes ein Lächeln abringen, noch Thomas, der sich nun Herberts in letzter Zeit entstandenen, ausgesprochen abstrakten Bilder ansah.

»Entschuldigt bitte meine Plattheiten.« Kullmann stand auf und schaltete den Fernseher ein, damit man nicht unbedingt auf Konversation angewiesen war. »So bin ich nun mal.«

»Vielleicht sollte Herbert wirklich nur noch Fotos machen«, meinte Thomas, nachdem er die Bilder begutachtet hatte.

»Vielleicht«, sagte Kullmann, ohne sie eines einzigen Blickes gewürdigt zu haben.

Sie sahen nun beide zum Bildschirm, bis Werner mit einer halbvollen Weinflasche und einem leeren Glas aus dem Badezimmer zurückkam.

»Hast du noch Lexotanil?«, fragte er Thomas.

»Höchstens noch drei oder vier. Und die brauche ich selbst.« Thomas holte aus.

»Als die Verkörperung der Existenzphilosophie, belastet mit einem nahezu allmächtigen, alles für sich haben, nicht handeln, nur denken wollenden Bewusstsein, das nur noch durch die Realität von Raum und Zeit in seine Schranken gewiesen wird, brauche ich von Zeit zu Zeit das Zeug selbst. Das Ganze ist leider, in letzter Zeit jedenfalls, eben nicht mehr nur Bewusstsein, also Theorie oder bloßer Gedanke, sondern es ist gewissermaßen *körperlich* geworden. Oder, um auf die Erde zurückzukehren, es ist nur eine Art von Neurose – was allerdings einen interessanten Schluss auf die Existenzphilosophie zuließe: die Philosophie der Neurotiker. Oder Müßiggänger.«

Er wandte sich an Kullmann.

»Und? Wie war meine kleine Ansprache? Vom Inhalt mal abgesehen?«

»Ganz gut. Und was ist, wenn es am Alkohol liegt?«

»Eine gute Frage. Die nächste, bitte.«

»Oder wenn es am Alkohol UND euren Beruhigungstabletten liegt?«

»Auch eine gute Frage. Aber verwechsle doch bitte nicht Ursache und Wirkung, falls es so etwas gibt. Ich glaube, die richtige Reihenfolge sieht so aus, dass du zuerst das Äußere auflöst und dann irgendwann beginnst, dich selbst aufzulösen. Alkohol und Tabletten helfen nur, diese Entwicklung zu beschleunigen, insbesondere letztere. Sonst braucht man mit dieser Entwicklung gar noch bis zu seinem Tode.«

»Erzähl nicht so viel, tu einfach eine rüber«, forderte Werner.

»Ungern.« Thomas zögerte einen Moment, holte dann aber seine Zwanzigerdose Lexotanil heraus und reichte Werner eine dieser blassgrünen Beruhigungsbomben.

Während Thomas erst seit einigen Monaten zu Lexotanil griff, hatte Werner die jahrelange Einnahme dieser Kombination aus Beruhigungsmittel und Alkohol, verbunden mit seinen Abonnements der Zeitschriften »Spektrum der Wissenschaft« und »Physik in unserer Zeit«, schon vor längerer Zeit den Titel »Doc« eingebracht. Unter ihrem Einfluss gab er sich gewöhnlich als Doktor der Physik aus (seine Lösung des Raum-Zeit-Problems lautete übrigens schlicht und einfach: Lichtgeschwindigkeit), setzte sich bei nächtlichen Diskussionen des Öfteren aber auch den Doktorhut der Philosophie auf. Meistens recht amüsant, wurde es jedoch immer dann unerträglich, wenn er von seinen Kumpanen, wie Kullmann oder Thomas, der mit ihm zusammen zur Schule gegangen war, allen Ernstes verlangte, ebenfalls mit seinem akademischen Grad angesprochen zu werden. Dabei hatte er schon zwei Jahre vor dem Abitur die Schule verlassen müssen und ließ sich seitdem seine schriftstellerischen Ambitionen vom Sozialamt finanzieren (wobei er sich keinen Geringeren als James Joyce zum Vorbild erwählt hatte, zu dem es im weitesten Sinne sogar eine Verbindung gab, da Joyce im Aussehen gewisse Ähnlichkeiten mit Karl May aufwies, mit dem wiederum auch Werner gewisse äußere Ähnlichkeiten hatte – und mit beiden vielleicht nicht nur äußere).

»Ihr wisst«, begann Werner nun, nachdem er die Tablette mit Wein heruntergespült hatte, »dass ich einer Künstlerfamilie entstamme. Schon mein Vater war im Grunde ein Künstler.«

Die beiden Zwischenrufe »Meiner auch!« und englisch-lakonisch »My dad is dead!« konnten ihn nicht aufhalten.

»Er war Maler, so wie Herbert Maler ist. Und ich? Ich habe bisher zwei Bücher geschrieben. Frühwerke! Sicher. Aber mein nächstes Buch wird bald fertig sein. Danach dann ist mir alles scheißegal. Älter als Jesus werde ich sowieso nicht. Nur will ich nicht verlöschen wie eine abgebrannte Kerze, sondern in einem lodernden Feuerwerk untergehen ... also, zum Himmel emporsteigen.«

Damit hatte er anscheinend gesagt, was er meinte, unbedingt loswerden zu müssen, und schwieg.

Da Thomas und Kullmann ebenfalls nichts mehr zu sagen hatten, schwiegen auch sie, und alle drei sahen zum Fernseher.

***

Gegen neun war lautes Klopfen an der Wohnungstür zu vernehmen. Werner, Thomas und Kullmann verharrten in ihren jeweiligen Positionen, als hätte keiner von ihnen etwas gehört, bis Thomas schließlich aufstand, zur Tür ging und sie öffnete.

Draußen stand Peter und eine andere Thomas nicht bekannte Person.

»Hallo.« Peter tanzte in die Wohnung hinein. Der andere ging, die Hand zum Gruß erhoben, hinterher.

»Mann, Jungs, ich bin vielleicht drauf«, Peter stellte sich mitten ins Zimmer, »als hätte ich drei Nasen Koks genommen. Aber, Jungs, habe ich gar nicht nötig! Fünf Bier reichen mir. Vollkommen.«

Er tanzte zum Kühlschrank und holte zwei Flaschen Bier heraus.

»Das ist übrigens Jörg«, sagte er, als er dem anderen ein Bier gab.

»Jörn«, sagte der andere.

»Schon gut, Alter. Immer ruhig bleiben. Wo ist Herbert?«

Er sah in jede Ecke des Raumes.

»Keine Ahnung«, sagte Thomas, »frag Doc.«

Doc zog es jedoch vor, keine Antwort zu geben.

Er mochte Peter nicht. Und Peter mochte ihn nicht.

Schließlich konnte nur *einer* auf dieser Welt der Größte sein.

Kullmann stellte nun den Ton des Fernsehers ab, da Peter in der Stimmung, in der er sich offensichtlich befand, für bessere Unterhaltung gut war.

Und Peter ließ auch nicht lange auf sich warten.

Mit schmerzverzerrtem Gesichtsausdruck zog er seine Jacke aus. Ein Verband um den rechten Unterarm kam zum Vorschein, auf dem sich ein rostrot getrockneter Blutfleck befand, den er jedem in der Runde unter die Nase hielt.

»Vergangene Nacht«, er hielt sekundenlang inne, um die Spannung ins Unerträgliche zu steigern, »habe ich den Hebel endgültig umgestellt: auf Gewalt und Brutalität. Bis gestern Abend war Jesus ein Stümper gegen mich. Der hat seine Birne nur zweimal hingehalten, ohne zurückzuschlagen. Und ich? Fünf-, sechsmal!«

Er hielt wiederum für einige Sekunden inne.

»Seit der vergangenen Nacht dreiundzwanzig Uhr und fünfundvierzig Minuten wird jetzt zurückgeschlagen. Und von jetzt an wird Faustschlag mit Faustschlag und Fußtritt mit Fußtritt vergolten.«

Bis auf Jörn, der sich wahrscheinlich schon längere Zeit in Peters Gesellschaft befand und die Geschichte entsprechend oft gehört haben dürfte, harrten die anderen gespannt der Erzählung, die zu dieser Einsicht geführt hatte.

»Ich gehe gestern Abend ins ›Sit-in‹«, begann Peter, »um in aller Ruhe – wie man mich kennt – mein Bier zu trinken. Und was sagt dieser Scheiß-Theken-Prolet Dieter zu mir? Hm?

›DU bekommst HIER kein Bier mehr.‹

Ich frage ihn ganz ruhig: ›Wie-so?‹ Und was schreit dieser Prolet? Hm?

›Raus hier!‹

Ich war zunächst so überrascht, dass ich tatsächlich wieder rausgegangen bin, habe mich dann besonnen, ging wieder rein und fragte noch mal – *ganz* ruhig: ›WIE-SO?‹

Er schreit wieder nur: ›Raus hier!‹, kommt hinter der Theke vor, auf mich zu, fasst mich an den Arm – mich! Dieses nichtsnutzige Schwein! –, zieht mich nach draußen und will hinter mir die Tür schließen. Ein gewaltiger Adrenalinstoß meinerseits, verbunden mit dem Vorschnellen meiner rechten Gerade, und: Wumm! Leider durch die bereits geschlossene Glastür. Oder?«

Er wandte sich an Jörn, der zustimmend nickte.

»Um es kurz zu machen, ich habe ihn noch voll am Kopf erwischt, also, genau genommen, eher leicht, mich selbst allerdings weniger leicht. Oder?«

Er wandte sich wieder an Jörn, setzte seine Erzählung jedoch fort, ohne eine Zustimmung abzuwarten.

»Jörg stand gerade vor der Tür und wurde Zeuge dieser Aktion. Er meinte, als er meine tiefe Wunde sah, meine tie-fen Wun-den, ich müsse unbedingt ins Krankenhaus. Ich sagte nur, dass mich solche Kleinigkeiten nicht umhauen könnten. Jeden anderen, aber nicht mich. Kurz und gut, Jörg hat mich dann zu Barbara begleitet.« Er begann, wieder zu tanzen.

»Zur rassigen, rossigen Barbara.«

Er baute sich erneut vor dem Tisch auf und hielt nochmals seinen Arm in die Runde.

»Sie hat mir *diesen* Verband angelegt. Anschließend haben wir bei ihr genächtigt. Jörg hat geschlafen, und ich habe MIT Barbara geschlafen. Wuauh!«

Er tanzte durch das Zimmer.

»Wuauh!«

»Dann hast du ja jetzt«, sagte Thomas, »genau das Richtige für dich gefunden: eine Kinderkrankenschwester.«

»Kinder hin, Kranke und Schwestern her. Die Frau ist doch viel zu alt für mich. Gerade mal zwei Jahre jünger. Und viel zu gewaltig. Fast zehn, in Worten: *zehn* Zentimeter größer als ich. Außerdem«, er verzog verächtlich die Mundwinkel, »der Weltmeister mit einer Bürgerlichen. Pah!

Aber das war immerhin Nummer einhundertsiebenundachtzig in diesem Jahr. Noch dreizehn, nur noch *dreizehn*, und ich habe die zweihundert voll! Ein neuer Rekord!

Nun gut«, korrigierte er, sich selbst belügend, »Nummer siebenundachtzig. Aber immer nur noch *dreizehn*! Bis zum neuen Rekord!«

Er baute sich wieder vor dem Tisch auf und sagte mit hoher, mädchenhafter Stimme:

»Diese bösen, bösen Männer, sie wollen doch immer nur das EINE.«

Mit männlich tiefer Stimme:

»Ich will sie ALLE!«

Er riss die Arme wie nach einem Sieg in die Höhe.

»Ich bin der Größte! Der Größte! Wuauh!«

Nachdem er sich beruhigt hatte, setzte er sich zu den anderen an den Tisch.

»Nebenbei, irgendjemand sagte mir neulich, das Semester hätte wieder angefangen?«

Peter war seit etwa sieben oder acht Jahren als Student an der örtlichen Fachhochschule für Architektur eingeschrieben. Ohne jemals einen Hörsaal von innen gesehen zu haben, bestand seine einzige studentische Aktivität darin, sich Semester für Semester zurückzumelden, um einstmals, zur Zeit der Ruhe und Reife, sein Studium wirklich noch aufzunehmen, um seine in ihm wohnenden Vorstellungen realisieren zu können, als Architekt das Künstlerische in sich mit dem Monumentalen im äußeren Ausdruck zu verbinden.

»Das war ich, Samstag- oder Sonntagnacht«, sagte Thomas.

»Hm, kein böser Traum also. Dann muss ich wohl wirklich noch meinen Krankenversicherungsbeitrag, oder wie das heißt, bezahlen. Und mich natürlich wieder zurückmelden. Widerlich, immer dieser dumme Akt. Waren übrigens schon Semesterferien?«

Doc gab seine bisherige, ungewohnte Zurückhaltung auf und sagte ohne ersichtlichen Grund zu Peter:

»Weißt du, was du bist? Ein ganz mieses Arschloch.«

Peter sah sich in den oberen Regionen des Zimmers um.

»Hat hier jemand etwas gesagt?«

Thomas rümpfte die Nase.

»Ich glaube, nicht. Aber es stinkt. Anscheinend hat jemand gefurzt.«

»Entschuldige bitte«, Peter hielt sich beim Sprechen die Hand vor den Mund, »wenn ich mein Maul aufgerissen habe, ohne mir seit Tagen die Zähne geputzt zu haben.«

»Ihr alle seid Arschlöcher, miese Arschlöcher«, setzte Doc noch einen drauf.

»Es stinkt noch immer.«

»Ihr tut so, als wäret ihr Freunde, aber ihr seid keine Freunde. Am Sonntagabend, als er«, Doc zeigte mit seinem linken Zeigefinger auf Peter, »aus dem ›Sit-in‹ getragen wurde, hat ihm da einer von euch geholfen?«

»Hast DU ihm geholfen?«, fragte Thomas.

Peter, überrascht:

»Wie? WER hat mich rausgetragen?«

Thomas, grinsend:

»Dein Freund, der Thekenprolet Dieter. Und noch ein anderer von der Bedienung. Keine Erinnerung mehr?«

Peter, bestürzt:

»Dieter? Mich? Wieso?«

Thomas, wie in angenehmer Erinnerung lächelnd:

»Wegen der Pinkelei an die Wand.«

Peter, stirnrunzelnd:

»Wegen der Pinkelei? Warte – ja, da war was. Ich glaube, ich erinnere mich, dunkel. Aber haben wir nicht alle an dem Abend in dem Laden herumgepinkelt?«

Thomas: »Wir haben alle unter den Tisch gepinkelt ...«

Kullmann dazwischen: »Und Bier hinterhergekippt.«

Thomas: »... aufgefallen ist das Ganze dann erst, als du dich vor die Wand gestellt hast und ein dünner Wasserfall rauschend aus deinem kleinen Schwanz kam und von der Wand plätscherte.«

Peter, sich mit der flachen Hand vor die Stirn schlagend:

»Also war auch das kein böser Traum ... übrigens, um das sofort klarzustellen, mein Schwanz ist nicht klein – und weiter?«

Thomas: »Nichts weiter. Einer von der Bedienung hat Dieter geholt, und die beiden haben dich rausgetragen. Eine übrigens rührende, herzzerreißende Szene. Du hast allen noch zum Abschied filmreife Handküsschen zugeworfen und gerufen:

›Ich liebe euch – alle!‹

Das war's.«

Doc, erneut ohne ersichtlichen Grund:

»Ihr seid doch alle nur neidisch.«

Thomas: »Neidisch? Worauf?«

Doc: »Denk mal drüber nach.«

Thomas ging, grimmig stöhnend ob dieser blödsinnigen Aussage, zum Kühlschrank und öffnete die Tür.

»Es sind nur noch zwei Flaschen Bier da.«

Peter: »Das reicht. Eine für dich, eine für mich.«

Kullmann: »Mir bitte keine mehr.«

Doc, mit unerklärlichem Stimmungswandel:

»Es ist noch jede Menge Rotwein da.«

Thomas: »Kein Weißer? Ich mag keinen Roten. Sollen wir nicht gleich lieber noch losziehen? Ich bin für diese Kneipe, am Brunnen, die ...? Da, wo diese Alte mit der extrem erodynamischen Figur bedient ...?«

Peter: »Du meinst, Maria aus der ›Saxopete‹.«

Thomas: »Genau. ›Saxopete‹. Kommt man gut an die ran? Ich meine, an Maria?«

Peter: »Ob *man* gut an die rankommt, vermag ich nicht zu sagen. Für mich war es kein Problem, natürlich …«

Thomas: »Die ist doch polnischer oder ruschisch… ruschiss… Scheiße! Rus-si-scher Abstammung? Oder?«

Peter: »Ja, irgend so etwas. Eine Slawin jedenfalls. Und ich mag Slawinnen. Überhaupt alles, was auf -in oder -innen endet.«

Thomas: »Sklavinnen.«

Peter: »Vaginen.«

Thomas: »Lawinen.«

Doc: »Pipelinen.«

Kullmann: ›Terpentin.«

Thomas: »Strichnin.«

Peter: »Berlin.«

Kullmann: »Sin ’n.«

»Tut mir leid, aber ich verstehe nur Bahnhof«, meldete sich nun Jörn zu Wort.

Thomas: »Das macht nichts.«

Kullmann: »Wir auch.«

»Kommst du gleich noch mit?«, wandte sich Thomas an Kullmann.

»Ich weiß nicht, ich glaube nicht.«

»Aber du fährst uns noch hin, oder?«

»Mal sehen.«

Doc, zu Thomas:

»Du gehst gleich mit *mir*. Ich brauche noch Material für eine Puffszene.«

»Auf keinen Fall«, erwiderte Thomas, nicht nur weil es ihn schon lange nicht mehr an diesen Ort zog, sondern auch, »weil es mit dir nur Ärger gibt.«

»Alleine gehe ich nicht.«

»Dann denk dir was aus, oder was weiß ich, wie ein Künstler arbeitet.«

»Wir trinken Herbert erstmal den Rotwein weg«, schlug Peter vor, »danach können wir immer noch entscheiden, wohin wir gehen. Wo steht der Wein?«

»Im Abstellraum«, antwortete Doc.

Peter ging zum Abstellraum und kam mit zwei Zweiliterflaschen zurück.

»Natürlich, das Billigste vom Billigsten.«

»Natürlich«, wiederholte Kullmann.

»O Freunde, nicht diese Töne«, rezitierte Thomas, »sondern lasst uns angenehmere anstimmen. Und freudenvollere.«

Nach der Melodie des Chores aus Beethovens 9. Symphonie begann er zu singen.

>»Lasst uns diesen Rotwein trinken
hier in dieser frohen Rund,
bis wir dann vom Stuhle sinken.
herrlich blau …«

Peter:	»… beinah schon bunt.«
Thomas:	»Rotwein trinken alle Wesen aus den Flaschen grün und …«
Peter:	»… braun.«
Thomas:	»Riesendurst ward uns gegeben, trinken bis …«
Kullmann:»	… die Zellen graun.«
Alle:	»Rotwein trinken alle Wesen aus den Flaschen grün und braun. Riesendurst ward uns gegeben, trinken bis die Zellen graun.«

»Ich habe noch nie Rotwein in braunen Flaschen gesehen«, muffte Kullmann.

»Spielverderber«, nannte ihn Thomas.

Und Doc: »Kleingeist.«

»Ihr seid ja alle ganz nett«, Jörn stand auf, »aber ich muss jetzt gehen.«

»Jetzt schon?«, fragte Peter. »Schade, aber wir hatten viel Spaß zusammen, oder?«

»Ja, es war ganz lustig.« Jörn ging zur Tür. »Also, macht's gut.«

»Ja, du auch.«

»Damit wären wir wieder unter uns«, sagte Thomas, »fehlt nur noch Herbert.«

»Den treffen wir bestimmt gleich noch irgendwo.«

»Sollen wir nicht noch, um uns bis dahin ein wenig die Zeit zu vertreiben, ein kleines Spiel spielen?«, fragte Kullmann.

»Warum nicht?«

»Zu anstrengend.«

»Und was?«

»Kennt ihr Hemmen?«, wandte Kullmann sich an Peter und Doc.

»Nein.«

»Was?«

»Ein einfaches Spiel, also genau das Richtige für euch. Eine Ziffer ist Hemmer, diese Ziffer muss jeweils übersprungen werden, ebenso deren Vielfache und alle Ziffern und Zahlen, in denen sie auftaucht. Klar?«

»Hm?«

»Nein.«

»War nicht anders zu erwarten. Ein Beispiel: Die Vier ist Hemmer. Es geht los mit: eins, zwei, drei, dann aber nicht: vier, sondern fünf, sechs und so weiter und nicht: acht und nicht zwölf und auch nicht *vier*zehn und dergleichen. Jetzt klar?«

»Ja.«

»Alles klar.«

Kullmann begann: »Eins.«

Thomas: »Zwei.«

Doc: »Drei.«

Peter: »Fünf.«

Kullmann: »Sechs.«

Thomas. »Sieben.«

Doc, zögerte, grinste: »Neun.«

Peter: »Zehn.«

Kullmann: »Elf.«

Thomas: »Dreizehn.«

Doc: »Vierzehn.«

»Aus.«

»Verloren.«

»Häh? Wieso?«

»Vier-zehn«, erklärte Thomas, »darin kommt die Vier vor. Und die ist Hemmer.«

»Mit vier als Hemmer ist es vielleicht zu schwierig«, meinte Peter, »für manche zumindest«, mit einem Blick zu Doc, »wie wäre es mit sieben oder acht?«

»Oder wir spielen jetzt«, Kullmann sah jeden Einzelnen an, »Hemmen-Scharf.«

»Und wie soll das gehen?«

»Oder laufen?«

»Ganz einfach«, sagte Kullmann, »so scheint es zumindest. Hemmen-Scharf ist Hemmen ohne Hemmer.«

Ohne eine Reaktion der anderen abzuwarten, legte er los: »Eins.«

Thomas: »Zwei.«

Doc: »Was ist los?«

Peter, unsicher: »Also jetzt: drei?«

Kullmann: »So ist es. Vier.«

Thomas: »Fünf.«
Peter: »Sechs.«
Kullmann: »Sieben.«
Thomas: »Acht.«
Peter: »Neun.«
Kullmann: »Zehn.«
Thomas: »Elf.«
Peter: »Zwölf.«
Doc: »Seid Ihr verrückt?«
Kullmann: »Dreizehn.«
Thomas: »Vierzehn.«
Peter: »Fünfzehn.«
Kullmann: »Sechzehn.«
Thomas: »Siebzehn.«
Peter winkte ab und schwieg.
Kullmann: »Achtzehn.«
Thomas: »Neunzehn.«
Kullmann: »Zwanzig.«
Thomas: »Einundzwanzig.«
Kullmann: »Zweiundzwanzig.«
Thomas: »Dreiundzwanzig.«
Kullmann: »Vierundzwanzig.«
Thomas: »Fünfundzwanzig.«
Kullmann: »Sechsundzwanzig.«
Thomas: »Siebenundzwanzig.«
Kullmann: »Achtundzwanzig.«
Thomas: »Neunundzwanzig.«
Kullmann: »Dreißig.«
Thomas: »Einunddreißig.«
Kullmann: »Zweiunddreißig.«
Thomas schwieg nun ebenfalls.
Kullmann: »Dreiunddreißig. Gewonnen! Sieg!«

Peter war, noch während Kullmann und Thomas ihr Spiel weitergespielt hatten, zum Fernseher gegangen und hatte den Ton wieder angestellt.

Schweigend und rotweintrinkend, sahen sie nun alle zum Bildschirm.

Nur einmal noch kam ein Anflug von Konversation auf, als Peter fragte, ob sich in den letzten Tagen in der Welt etwas ereignet hätte, was man wissen müsste.

»Washington, Moskau, Oer-Erkenschwick …«, gab Thomas zur Antwort.

In China sei der berühmt-berüchtigte Sack Reis umgefallen, meinte Kullmann.

Woraufhin Thomas noch hinzufügte, dass bei einem Hahnenkampf in Mexiko ein Hahn dem anderen die Augen ausgepickt hätte.

»Und wer hat gewonnen?«, fragte Peter mit gespieltem Interesse.

»Der blinde Hahn natürlich. Wie das Sprichwort schon lautet: Ein blinder Hahn, okay, ein blindes Huhn findet auch mal ein … na, ihr wisst schon, ihr Säufer: Korn.«

Als schließlich die beiden Flaschen Rotwein geleert waren, begann der allgemeine Aufbruch.

Allen voran stürmte Peter, der gleich nach Verlassen der Wohnung ins Stolpern geriet.

Herbert lag vor der Tür, neben sich den Wohnungsschlüssel, den er offenbar nicht mehr ins Schloss bekommen hatte.

Dröhnendes Gelächter und zupackende Hände unter seinen Achselhöhlen und an den Beinen ließen Herbert kurz die Augen öffnen.

»Ihr llacht«, lallte er, »ich kenne euch, genau … Ihr llacht auch noch, wenn ich auf Krüppeln gehe … Krückeln.«

Sie legten ihn aufs Bett.

»Und ihr klopft mir dann noch auf die Schulter und sagt: Ja, weiter so, Herbert, weiter so.«

Er war wieder weg.

In bester Stimmung, von gelegentlichem Gelächter über Herberts Auftritt unterbrochen, rief Peter auf dem Weg zu Kullmanns Wagen:

»Auf in die ›Wüste‹!«

»Na schön«, sagte Doc, »in die ›Wüste‹.«

»In die ›Wüste‹!«, rief auch Thomas und zitierte aus einem alten Nihilisten-Gedicht des ausgehenden neunzehnten Jahrhunderts:

»Die Wüste wächst: weh dem, der Wüsten birgt!
Stein knirscht an Stein, die Wüste schlingt und würgt.
Der ungeheure Tod blickt glühend braun
und *kaut* –, sein Leben ist sein Kaun …
Vergiss nicht, Mensch, den Wollust ausgeloht:
du – bist der Stein, die Wüste, bist der …«

Er unterbrach sein Zitat, als eine kleine Auseinandersetzung vor Kullmanns Wagen entstand, weil Peter, ein gnadenloser Raser, insbesondere unter Alkoholeinfluss, mit dem Spruch »Mein Leben – und drei zum Sehen« Kullmann den Autoschlüssel abnehmen wollte, um selbst zu fahren.

»ICH fahre«, sagte Kullmann zum wiederholten Mal.

»Nein, ICH fahre«, drängte sich Thomas dazwischen, um den Streit zu schlichten.

»ICH fahre«, sagte Kullmann zu Thomas.

»Na gut, du«, Thomas einsichtig.

»Nein, ICH«, sagte Kullmann.

Peter war durch den kurzen Dialog, der einfach an ihm vorbeigeführt wurde, von seinem Vorhaben abgebracht und begab sich friedlich auf die Beifahrerseite.

»*… Tod*«, beendete Thomas noch sein Zitat.

***

Vor der ›Wüste‹ ließ Kullmann die drei raus und fuhr nach Hause.

In der ›Wüste‹ saßen drei männliche Personen an einem Tisch beim Kartenspiel. Griechen. Oder Türken. Ein einsamer Säufer hockte am Ende der Theke. Tote Hose. Von wegen sie würde bei Nacht zum Leben erwachen.

Die drei Nomaden der Nacht setzten sich an die Theke und gaben ihre Bestellung bei der Wirtin auf.

Doc: »Bier.«

Peter: »Bier und'n Ouzo.«

Thomas: »Bier.«

Peter: »Nichts Kleines, Jungs?«

Thomas: »Nein.«

Peter: »Kommt. Wenigstens einen.«

Thomas: »Nein.«

Peter: »Was ist los mit euch?«

Doc: »Kommt, lasst uns gehen.«

Die Wirtin zu Thomas, lächelnd: »Na, mein Schatz, wieder alles klar bei dir?«

Thomas lächelte ebenfalls. »Ja, alles klar.«

Er war sich nicht sicher gewesen, ob er es vorgestern Nacht noch über die Lippen gebracht und sie gefragt hatte: »Kann ich bei dir schlafen?« Immer wieder. Selbst als er schon mit dem Kopf auf der Theke lag und glaubte, nichts mehr von sich geben zu können. Anscheinend war es ihm aber doch noch möglich gewesen. Und noch vor Jahren wäre es ihm ihr gegenüber auch peinlich gewesen, wovon er nun allerdings nichts bemerkte.

Doc: »Komm, Thomas, dann gehen wir beide eben. Ist doch öde hier. Ich zahle auch. Alles.«

Peter: »Geht ruhig, Jungs. Und bezahlt *dafür*, hehe.«

Er ließ sich von der Wirtin das Telefon reichen, nahm den Hörer ab und wählte eine Nummer.

»Hallo, Barbara, ich bin's, Peter.« – »Ja, genau, der Supermann, haha. Mit Bärenmarke großgezogen, haha. Ich wollte dich fragen, ob heute Nacht noch ein Plätzchen für mich frei wäre, neben dir?« – »Auf dem Sofa?« – »Meinem Arm? Geht's ganz gut. Oder besser gesagt, schlecht. Ich glaube, du müsstest unbedingt einen neuen Verband anlegen. Auf jeden Fall will ich bei dir schlafen. Oder, da du alt genug bist, MIT dir schlafen.« – »Lass mich erstmal vorbeikommen.« – »Gleich. In ein paar Minuten. Ich bringe auch was Nettes mit.« – »Auf jeden Fall komme ich erstmal vorbei. Danach sehen wir weiter. Bis gleich.«

Peter legte den Hörer auf und kniff Thomas und Doc ein Auge zu.

»Ich glaube, das hätten wir.«

Er wandte sich an die Wirtin.

»Eine Flasche Rotwein, bitte. Oder Weißwein. Egal. Irgendetwas zwischen dem Besten und dem Schlechtesten. Habe noch einen wichtigen Termin. Und mach noch zwei Bier für die beiden Verlierer hier.«

Er kippte seinen Ouzo runter, nahm einen Schluck von seinem Bier, ließ den Rest stehen und bezahlte.

»Jungs, macht's gut. Die Pflicht ruft. Viel Spaß noch. Wir sehen uns.«

Er verließ den Laden.

Thomas trank sein Bier aus und nippte noch kurz an dem spendierten.

»Na gut, wenn du alles bezahlst, dann lass ein Taxi kommen.«

Doc wies die Wirtin an, ein Taxi kommen zu lassen.

Sie machten sich auf, aus der ›Wüste‹ heraus zu deren Töchtern. Dudu und Suleika.

Dudu hieß allerdings Monika. Gleich an einem der ersten Fenster machten sie mit ihr alles klar. Hier gab es ohnehin nur eine begrenzte Auswahl. Den Typ »Playmate des Monats«

gab es für wenig Geld in Do. oder Bo., nicht hier in H. Die beiden ließen sich auf Monikas Bett nieder. Sie nahm auf einem Stuhl Platz und betrachtete zufrieden Docs Euroscheck. Voller Betrag.

»Aber für ihn«, Doc zeigte auf Thomas, »auch noch eine.«

Monika packte die halbe Captagon wieder ein. Leicht verdientes Geld.

»Moment, meine Freundin hat sich schon schlafen gelegt … den ganzen Tag gearbeitet; mal sehen, was sich machen lässt.«

Thomas mochte diese Damen, ihre echte oder zur Schau getragene Kaltschnäuzigkeit, ihren Sinn für die Realitäten der Nacht. Bedauerlicherweise entsprach das reale Geschehen in der Regel so gar nicht den Vorstellungen, die man sich machte – oder zumindest nicht denen, die er sich machte oder gemacht hatte.

Monika kam zurück.

»Du kannst zu ihr. Dritte Tür rechts.«

Thomas ging. Erste, zweite, dritte Tür rechts. Sie saß nackt auf der Bettkante. Etwa vierzig. Vielleicht etwas jünger. Monika wollte ihr was Gutes tun. Warum auch nicht? Mal keinen schmutzigen, stinkenden … Nein, keine Vorurteile!

»Komm, Kleiner, setz dich zu mir.«

Er setzte sich zu ihr.

»Zieh dich aus.«

»Wie heißt du?«, fragte er.

Suleika hieß Erika.

»Wie wäre es mit was zu trinken?«, fragte er.

Sie rieb Daumen und Zeigefinger übereinander.

Er gab ihr einen Schein. Seinen letzten. Fünfzig.

Sie ging zur Tür. Den alten Hintern gekonnt schwingend. Zog sich einen Bademantel über. Verließ das Zimmer. Birnenförmig. Nicht sein Ding. Nicht der Hintern seiner Träume. Nicht einmal seiner Alpträume, in denen ein gewaltiger Arsch wie ein Damoklesschwert wenige Zentimeter über ihm schwebte. Und nun hatte die Realität seine Träume, seine schlimmsten Träume schon eingeholt – beinahe, jedenfalls.

Erika kam zurück mit zwei Nulldreiflaschen Bier, holte zwei Gläser aus einem kleinen Schrank und reichte Thomas eine Flasche und ein Glas.

Er rieb Daumen und Zeigefinger übereinander.

»Stell dich nicht so an, Kleiner.«

Er stellte sich nicht so an. Noch Kleingeld genug für ein Taxi. Sie begann, an seiner Hose herumzufingern.

Er nahm ihre Hand weg.

»Prost.«

»Prost.«

Wenn ihn auch manchmal die Anwandlung überkam, seinen Schwanz in alle Mösen dieser Welt stecken zu wollen und er heute die Möglichkeit hatte, einen kleinen Schritt weiterzukommen, wäre es sicherlich in jeder Hinsicht vergebliche Mühe gewesen. Ein Tropfen, wenn überhaupt, auf den heißen Stein. Bei zurzeit etwa vier Milliarden Erdbewohnern, von denen etwa die Hälfte Frauen sein dürfte, davon wiederum gut die Hälfte zwischen Geschlechtsreife und Menopause – seiner oberen und unteren Grenze – blieb noch immer eine gute Milliarde übrig.

Der Tag hatte vierundzwanzig Stunden, die Stunde sechzig Minuten und die Minute sechzig Sekunden. Das machte, wie er so manches Mal schon ausgerechnet hatte, etwa sechsundachtzigtausend Sekunden am Tag und im Jahr etwas mehr als einunddreißig Millionen, was, um sein Ziel erreichen zu können, in jeder Sekunde eine andere Frau bedeuten würde, um es in etwa dreißig Jahren geschafft zu haben. Oder ein durchschnittliches Geschlechtsleben lang alle zwei Sekunden eine andere Frau.

Puuh.

Er leerte sein Glas und stand auf.

»Mach's gut.«

»Du auch«, sagte sie, »bist ein Netter.«

Er lächelte, nickte und ging.

***

Am frühen Nachmittag des nächsten Tages kam Thomas zu Kullmann, fasste sich jedoch nur kurz mit seinem Bericht über die vergangene Nacht, weil ihm etwas anderes am Herzen lag.

»Im Laufe des Tages, im Bett liegend, ich dachte an sich an nichts Schlimmes, als mir mit einem Mal in geradezu vollkommener Klarheit bewusst wurde, dass ›Zeit‹ nicht nur in der Bewegung vergeht, beim Überwinden einer Strecke von einem Punkt zum anderen, also wenn man unterwegs ist und ein Ziel vor Augen hat oder glaubt, eines vor Augen zu haben; sondern ›Zeit‹ vergeht leider auch *ohne* Bewegung, im Zustand der Bewegungslosigkeit, dem einzigen Zustand also, in dem ich bisher noch ein gewisses Maß an innerer Ruhe fand. Und kaum hatte ich diesen Gedanken zu Ende gedacht, überfiel mich plötzlich eine Art … Panik, mein Herz raste – auf der Suche nach der verlorenen Zeit? Ich rannte durch die Wohnung wie auf der Flucht – wovor? Ins Badezimmer – warum? Warf einen Blick in den Spiegel und sah, glaube es mir, meinen eigenen Totenschädel!

Weil ich nicht wusste, was ich tun sollte, begann ich, an meine geliebte Susanne einen Brief zu schreiben, ›de profundis‹ sozusagen. Erst beim Schreiben dann wurde ich allmählich wieder ruhiger. Und konnte den Brief wegwerfen. Du weißt, nichts ist an Sentimentalität widerwärtiger als der Liebesbrief eines Mannes, dessen Liebe verschmäht wird. Obwohl ich glaube, Frauen stehen darauf. Ich meine, auf Sentimentalität. Oder Liebesbriefe. Also beides.

Aber zur Sache: In einer ähnlichen, wenn auch nicht ganz so dramatischen Situation habe ich mal vor etwa einem halben Jahr zwei Kurzgeschichten geschrieben und dir gegeben. Oder sagen wir, es waren zwei Texte, mit denen ich einen Versuch unternehmen wollte, wie ich mir das Schreiben vorstelle, wenn ich schreiben würde, nämlich aus der unbewussten Falschmünzerei der eigenen Erinnerung eine bewusste zu machen. Hm, hast du diese beiden Texte *zufällig* noch?«

»Natürlich, hätte doch nie gewagt, sie wegzuwerfen.«

Kullmann holte aus einer Schublade seines kleinen Kleiderschranks einige Blätter und reichte sie Thomas, der nun seine eigenen Texte zu lesen begann.

Eins zu Noll

Bevor von mir die Rede ist, etwas über Noll.

Von seiner Kindheit weiß ich wenig, und was ich darüber weiß, ist von keinerlei, wie mir scheint, Bedeutung.

Ich könnte etwas über seine Eltern erzählen. Man weiß nie, ob dabei nicht etwas von Bedeutung herauskommen könnte.

Seine Eltern.

Sein Vater war Lehrer. Oder kaufmännischer Angestellter. Ich glaube, er war kaufmännischer Angestellter und häufig arbeitslos, was immer wieder zu Streitigkeiten zwischen ihm und seiner Frau führte, die nichts so sehr bereute, als diesen Mann geheiratet zu haben. Einen Taugenichts.

Er bereute es nicht, diese Frau geheiratet zu haben. Sie war Lehrerin – sie also – und durchaus in der Lage, für drei Personen, sich, ihren Mann und ihren Sohn, zu sorgen.

Geschwister hatte Noll keine, um die Sache nicht zu kompliziert zu machen.

Einen Bruder hätte Noll beinahe jedoch gehabt. Ich glaube, wenn man es genau nimmt, hatte er sogar einen. Das Kind wurde allerdings tot geboren, obwohl es, wie die Ärzte versicherten, medizinisch bei bester Gesundheit war.

Die Vermutungen, die Noll später über seinen Bruder und dessen pränatale Weigerung zu leben anstellte, lasse ich beiseite, weil ich keinerlei weitere Komplikationen heraufbeschwören und so schnell wie möglich mit der Vorgeschichte fertig werden will, um zu mir zu kommen.

Nach einer ereignislosen Zeit im Kindergarten äußerte Noll in den ersten Jahren seiner Schulzeit erstaunlicherweise nicht den Wunsch, Lokomotivführer oder Millionär zu werden, wie so viele seiner neunmalklugen Altersgenossen.

Als er zwölf oder dreizehn Jahre alt war, starb sein Vater. In gewisser Weise zur rechten Zeit, wenn ich daran denke, wie viel Mühe es einem Sohn ansonsten macht, seinen Vater, wie man sagt, loszuwerden.

Seine Mutter heiratete Noll jedoch nicht, obwohl er in jenen Tagen einige Überlegungen in diese Richtung anstellte, um es vorsichtig auszudrücken.

Auch seine Mutter begann in jenen Tagen, sich Gedanken über ihren Sohn zu machen (er war, nachdem wenige Wochen vor Nolls Vater Nolls Großmutter, Nolls Mutters Mutter, gestorben war, der Einzige, über den sie sich nun Gedanken machen konnte). Sie fragte sich häufig, wie wohl ihr Sohn mit dem Tod des Vaters zurechtkommen würde, und musste zu ihrer Überraschung, ein wenig auch zu ihrem Entsetzen, feststellen, dass es ihm nichts auszumachen schien.

Noll jedenfalls verlor nie ein Wort über seinen Vater. Es hatte den Anschein, als hätte es ihn nie gegeben. Ja, das Ereignis schien sogar eine positive Wirkung auf Noll zu haben. Er fühlte sich seitdem freier und befreiter – sofern es sich dabei um eine positive Wirkung handelt.

Und es sah ganz so aus, als würde sein Leben erst jetzt beginnen.
Sein Leben.

Noll war natürlich nach den ersten Pflichtschuljahren auf die höhere Schule gekommen. War er auch kein guter Schüler, so waren seine Versetzungen doch niemals gefährdet. Während allerdings Mädchen mehr sprachliche Begabungen zeigen und Jungen mehr naturwissenschaftliche, zeigte Noll eine nicht auffallende Ausgeglichenheit auf beiden Gebieten. Dass es auch Jungen gibt, die sprachlich begabt sind, und Mädchen, die naturwissenschaftlich begabt sind, und Jungen und Mädchen, die weder das eine noch das andere sind, ändert nichts daran. Noll hatte einfach weder Vorlieben noch Nach…? Besser: keine Stärken und keine Schwächen.

Ich bin mir nicht sicher, ob die letzten Sätze nicht gewisse logische Unzulänglichkeiten zeigen. Ich werde versuchen, mich in Zukunft zusammenzunehmen.

Wo war ich?

Hatte ich schon gesagt, dass sich später weder einer seiner Lehrer noch einer seiner Mitschüler – bis auf eine, aber davon vielleicht später – an Noll erinnern konnte?

Später konnte sich weder einer seiner Lehrer noch einer seiner Mitschüler – bis auf eine, aber davon vielleicht später – an Noll erinnern.

Ich bin durcheinander. Nach möglichen logischen nun auch noch chronologische Unzulänglichkeiten.

Ich wiederhole mich ungern: Ich werde versuchen, mich in Zukunft zusammenzunehmen.

Zunächst einmal machte Noll sein Abitur, wonach es ihm seine Mutter erlaubte, sich ein halbes Jahr auszuruhen, damit er sich, wie er es vorhatte, in aller Ruhe Gedanken über seine Zukunft machen konnte.

Seine Gedanken.

Nein. Das würde zu weit führen.

Sein weiteres Leben.

Das halbe Jahr ging vorüber, und Noll war, wie es schien, zu keiner Entscheidung gelangt.

Er solle doch etwas studieren, was mit Literatur zu tun habe,
meinte seine Mutter. Sie hatte ihn immer, wenn sie in sein Zim-
mer gekommen war, im Bett liegen und ein Buch lesen gesehen.

Wenn Noll hörte, dass seine Mutter kam, nahm er eines der
Bücher, die er neben sein Bett gelegt hatte, und schlug es auf. So-
lange sich seine Mutter im Zimmer befand, las er die Zeilen der
Seiten, die er zufällig aufgeschlagen hatte, von rechts nach links,
um nicht unnötig von seinen Gedanken abgelenkt zu werden.
Eine Methode, deren Erfolg jedoch nur von kurzer Dauer war, da
sein Gehirn sich bald darauf eingestellt hatte, so wie es die Bilder
umkehrt, die umgekehrt auf die Netzhaut fallen.

Ein schöner Vergleich. Ich hoffe, er ist richtig.

Ob richtig oder nicht, spielt auch keine Rolle. Die Methode hatte
keine weiteren Folgen, denn schon bald verzichtete Noll darauf,
noch ein Buch in die Hand zu nehmen, wenn seine Mutter ins
Zimmer kam, während sie immer häufiger darauf verzichtete, ih-
rem Sohn weitere Vorschläge zu machen, und nur morgens wortlos
das Frühstück vor das Bett stellte, mittags das Mittagessen und
abends das Abendessen, wobei sie sich im Laufe der Zeit darauf be-
schränkte, ihrem Sohn nur noch das Abendessen zu bringen, und
sich auch dabei immer häufiger Unregelmäßigkeiten zu Schulden
kommen ließ.

Es mögen nach Nolls Absicht, sich Gedanken über seine Zukunft
zu machen, etwa fünf Jahre vergangen gewesen sein, als eines Tages
nicht seine Mutter, sondern eine andere Frau sein Zimmer betrat.
Sie behauptete, sie sei mit ihm zur Schule gegangen, und sie sei
schon immer in ihn verliebt gewesen.

Noll kannte die Frau nicht.

Sie sagte, sie sei nach dem Abitur fortgegangen, habe studiert
und nun in der Nähe eine Anstellung als Lehrerin erhalten.

In Anbetracht des fortgeschrittenen Alters seiner Mutter und
der Unregelmäßigkeiten, die sie sich zu Schulden kommen ließ,
versprach Noll der Frau, sie zu heiraten.

Wie die Hochzeit zustande gekommen ist, vermag ich nicht zu sagen, da Noll zu jener Zeit, vergleichbar einem Astronauten nach Jahren der Schwerelosigkeit, schon nicht mehr in der Lage war, sein Bett zu verlassen. Die Heirat gibt mir aber die Möglichkeit, eine einigermaßen plausible Darstellung zu liefern, wie ich selbst Noll kennengelernt habe.

Sibylle, so hieß Nolls Frau, hatte mit mir auf der gleichen Universität studiert, und ich hatte – was soll ich sagen? – durchaus ein Auge auf sie geworfen. Da ich nicht dazu neige, mein Auge wegzuwerfen, wenn es mir Ärgernis schafft, gab ich mir große Mühe, das zu erreichen, was Männer immer von Frauen wollen. Eine erfolglose Mühe, wie ich zu meinem Ärgernis gestehen muss.

An den Tag, an dem ich Sibylle kennenlernte, erinnere ich mich so gut, als habe es ihn wirklich gegeben.

Nach einem Seminar, das wir zusammen besuchten, sprach ich sie einfach an und fragte, ob wir nicht bei diesem herrlichen Wetter – es muss in einem Sommersemester gewesen sein – einen kleinen Spaziergang machen wollten.

»Ich gehe bei solch schönem Wetter sehr oft und sehr gerne in den Botanischen Garten«, log ich.

»Ja«, sagte sie, »ich finde es dort auch sehr schön.«

Sie wollte glücklicherweise keine Details wissen. Außerdem war ich wirklich schon einmal im Botanischen Garten gewesen und kannte wenigstens den Weg dorthin.

Im Gewächshaus für tropische Pflanzen, wir standen vor einem Käfig mit zwei Tropenkopf- oder Totenkopfäffchen, hielt ich die Gelegenheit für gekommen, ihre Hand zu nehmen und einige wohlüberlegte Worte an sie zu richten. Mag es nun an den beiden Affen, die uns neugierig beobachteten, am tropischen Klima oder gar an tieferen Gründen gelegen haben – ich konnte es nicht.

Wir blieben Freunde, so dass mir Sibylle auch nach Abschluss unseres Studiums jedes Jahr auf einer Postkarte ein paar Zeilen zum Geburtstag schrieb.

Zu meiner Überraschung erhielt ich eines Tages sogar einen Brief von ihr, dazu noch an einem Tag, an dem meines Wissens nach nicht mein Geburtstag war.

Sie bat mich in dem Brief, sie umgehend aufzusuchen. Es sei wichtig.

Ich hatte meine Liebe zu ihr oder meinen Misserfolg nicht vergessen und war einen Tag, nachdem ich den Brief erhalten hatte, bei ihr.

Sie sagte mir, ihr Mann sei vor drei Tagen verstorben, und nach dem Tod ihrer Schwiegermutter vor einigen Jahren werde sie die Einzige sein, die morgen zur Beerdigung an seinem Grab stehen würde.

Sie bat mich, sie zu begleiten.

Ich fragte sie, ob sie mich nach einer angemessenen Zeit der Trauer heiraten wolle.

Da sie meine Frage weder bejahte noch verneinte, begleitete ich sie am nächsten Tag mit, wie ich meinte, berechtigter Hoffnung zum Friedhof.

Sibylle führte mich zu einem etwa zwei Quadratmeter großen Rasenstück, in dem sich in der Mitte ein rundes Loch befand. Nach wenigen Minuten (ich war, ich weiß nicht warum, damit beschäftigt, die Wurzel aus zwei zu ziehen) kam ein Mann, es hätte der Friedhofsgärtner sein können – er war es wahrscheinlich auch – und überreichte Sibylle eine Urne. Meiner Meinung nach war diese Urne sehr groß. Oder sie war nicht ganz voll. Ich wusste allerdings nicht, wie viel Asche übrigbleibt.

1,41421 rund.

Sibylle sah mich an. Ich sah zum Loch. Sie stellte die Urne in das Loch, und wir gingen.

Thomas ließ die Blätter sinken.

»Na ja, gar nicht mal übel«, den Kopf wiegend, »wenn es erlaubt ist, über seine eigene Schreiberei ein Urteil abzugeben. Ich glaube, dir hatte es auch ganz gut gefallen, oder?«

»Ja, ich fand es ganz gut.«

»Danke, das macht Mut«, Thomas lächelte, »wir beide, du und ich, sollten uns in Noll, sozusagen zurückschauend, ein wenig wiedererkennen. Aber damit sollte es auch vorbei sein, für mich zumindest. Begraben mit Noll. Darum dann der zweite Text, *vorausschauend*, wenn man so will.«

Er las seinen zweiten Text.

Zwei zu Noll

Nachdem nun die Vorgeschichte so gut wie beendet ist, will ich noch eine kurze, glaubwürdige Erklärung geben, wie ich selbst in die Lage gekommen bin, in der ich mich zurzeit befinde.

Sibylle und ich heirateten etwa ein Jahr nach Nolls Beerdigung. Es war, das darf ich sagen, von Anfang an eine recht harmonische Beziehung. Wohl deswegen, weil ich keinerlei Anforderungen stellte, alles tat, was sie von mir verlangte und mich in allem ihrer Meinung anschloss. Wie es dennoch eines Nachts zu einem Streit kommen konnte, vermag ich daher nicht zu sagen.

Sibylle hatte, soweit ich mich erinnere, eine längere Klage über die Faulheit der Männer geführt, wobei ich ihr – nicht nur aus Faulheit – im Großen und Ganzen zustimmen musste. Als sie nach meiner Zustimmung meinte, nicht alle Männer seien so, musste ich ihr wiederum zustimmen, was sie anscheinend als einen Widerspruch meinerseits ansah oder ansehen wollte. Möglich, dass sie anfangs auch nicht die Männer im Allgemeinen, sondern nur mich im Speziellen gemeint hatte. Sie war außer sich und schrie mich an, dass sie meine unkritische Haltung nicht länger ertragen könne. Ich solle ihr aus den Augen gehen.

Da ich, wie erwähnt, alles tat, was sie von mir verlangte, verließ ich unser Schlafzimmer und begab mich in den Wintergarten, wohin Sibylle, aus welchen Gründen auch immer, Nolls Bett gestellt hatte.

Nach kurzer Überlegung hielt ich es für das Beste, die Nacht

*darin zu verbringen. Vielleicht um Sibylle meine Unabhängigkeit
von ihr zu beweisen. Vielleicht auch weil mir schon seit längerer
Zeit ihre sexuellen Ansprüche viel zu hoch waren. Vermutlich
glaubte sie, da sie mit Noll nie geschlafen hatte, etwas nachholen
zu müssen (so lautet zumindest meine zugegebenermaßen laien-
hafte psychologische oder biologische Erklärung dieses Phänomens.
Es kann natürlich auch sein, dass Frauen eben so sind. Ich kenne
mich da nicht aus. Vor Sibylle hatte ich nur mit zweiundzwanzig
Frauen geschlafen, und jeweils nur einmal, so dass ich mir kein
Urteil erlauben kann. Nein, einmal auch zweimal).*

Zurück zu meiner Lage.

*Am Morgen nach unserem Streit kam Sibylle in den Wintergar-
ten und meinte, ich solle zum Frühstück kommen.*

Es war alles wieder gut.

Ich sagte, sie solle mir zuerst etwas von Noll erzählen.

»Nein, jetzt nicht«, sagte sie.

Ich schwieg und blieb liegen.

»Frag mich beim Frühstück, ja?«, sagte sie durchaus liebevoll.

*»Ich habe die ganze Nacht nicht geschlafen«, sagte ich, »ich
bleibe noch etwas liegen, ja?«, wiederholte ich das »ja« im gleichen Tonfall.*

»Mach doch, was du willst!« Sie verließ erbost den Wintergarten.

*»Sibylle!«, rief ich noch einmal hinter ihr her, aber sie kam nicht
mehr zurück.*

*Dies alles muss vor exakt fünf Tagen geschehen sein, da ich
soeben zum sechsten Mal den Morgenstern am Himmel habe verschwinden sehen. Nolls Bett steht mit dem Kopfende nach Süden.
Ich schlafe, wenn ich schlafe, am Tage und kann am Abend, wenn
ich meinen Kopf halb nach links wende, den Abendstern und am
Morgen, wenn ich den Kopf halb nach rechts wende, den Morgenstern sehen.*

*Das klingt ausgesprochen unglaubwürdig und ist vermutlich
nicht einmal theoretisch möglich.*

Wie dem auch sei. Tatsache ist, dass sich Sibylle seit jenem Morgen nicht mehr hat sehen lassen und ich nach langer Überlegung, ob ich überhaupt anfangen soll, irgendwann begonnen habe, das aufzuschreiben, was bisher vorliegt.

Noch ein Letztes, um eine gewisse Plausibilität aufrechtzuerhalten.

Ich schreibe in einen achtzigseitigen DIN-A4-Block, den ich zusammen mit einem schwarzen Kugelschreiber in meiner ersten Nacht in Nolls Bett unter der Matratze gefunden habe und auf dessen Deckel Nolls Name steht.

Als ich den Block fand, war ich gespannt darauf, was darin stehen mochte. Ich erwartete, mögliche Aufzeichnungen von Noll zu finden und etwas mehr über ihn zu erfahren, als ich durch die wenigen Angaben von Sibylle über ihn wusste. Meine Enttäuschung war zunächst groß, wich aber mehr und mehr einer Bewunderung vor der Konsequenz Nolls.

Der Block war leer.

»Schön. Nette kleine Geschichte. Anscheinend nichtssagend. Aber es ist auch irgendetwas darin, was mich beunruhigt, so als hätte ich tatsächlich eine Entwicklung vorweggenommen.«

»Wie meinst du das?«, fragte Kullmann, um etwas zu fragen. »Eine Art sich selbst erfüllende Prophezeiung?«

»Ja, in etwa; aber nicht in dem Sinne, dass etwas eintritt, weil man es selbst erwartet, sondern weil der Kern, sozusagen der Samen der Zukunft schon darin steckt.

Als ich zum Beispiel in den letzten Wochen einige Male versucht habe, mein bisheriges nun fast dreißigjähriges Leben als Ganzes zu betrachten, den Verlauf, den es genommen hat, bis es zu eben diesen Problemen mit ›Raum und Zeit‹ gekommen ist, muss ich sagen, dass es mir in gewisser Weise wie eine logische Entwicklung vorkam. Seit früher Jugend immer mal wieder für Tage oder auch Wochen diese hypochondrischen Anfälle, immer etwas Unheilbares – darunter mache ich es nicht – bis zuletzt mit diesem Phänomen der ›Zeit‹ allein, das mich heute in diese Panik versetzt hat. Dieser erschreckend progressive und irreversible Ablauf. Aber was heißt ›Panik‹? Panik aus Angst? Und Angst – wovor? Wie sehen dabei die Reaktionen aus? Flucht oder Angriff, nicht wahr? Aber Flucht – wohin? Und Angriff – was? Oder wen? Die ›Zeit‹ etwa? WIE, verdammt, soll man vor der ›Zeit‹ fliehen? Oder WIE sie angreifen?

Bisher hatte ich das Problem, wie du weißt, nur als Schwierigkeit empfunden, noch von einem Punkt zum anderen zu gelangen, also ›Zeit‹ in Verbindung mit ›Raum‹, weil man nun mal *zwangsläufig*, wenn man sich von Punkt A nach Punkt B bewegt, eine gewisse Zeit braucht oder verbraucht. Ein Problem, das sich durch Bewegungslosigkeit noch hätte umgehen lassen können. Bis mir dann klar wurde, dass ›Zeit‹ auch in diesem Zustand vergeht, und zwar nicht nur progressiv und irreversibel, sondern auch absolut, denn Geschwindigkeiten an der Grenze des Lichts, darauf oder gar darüber hinaus, sind hier auf Erden für uns Menschen, wenn nicht unmöglich, so doch mehr als unwahrscheinlich. Es vergeht also, ob ich nun will oder nicht, ›Zeit‹. Eine Zeit, die ich einfach nicht mehr auszufüllen vermag. Es gibt nichts mehr zu tun, ja, grausam, viel grausamer, es gibt nicht einmal mehr etwas zu *denken*. Was zu tun war, ist lange getan. Was zu denken war, ist nun gedacht. Jedenfalls in *der* Richtung, in der bisher meine Gedanken oder, wenn man so will, mein Leben, zumindest in den vergangenen etwa fünfzehn Jahren, verlaufen ist.

Mit Heidegger gesprochen, falls es von ihm ist:
Wovor hast du Angst?
Vor nichts.
Oder für den philosophischen Laien«, er warf Kullmann einen geringschätzigen Blick zu, »vor DEM Nichts.
Vielleicht ist es sogar nicht nur ein subjektives Problem. Alles

zu Ende gedacht, sind Raum und Zeit vermutlich auch die Grenzen des menschlichen Bewusstseins; eines Bewusstseins, das selbst darin gefangen ist und sich selbst zuletzt als Gefangener darin erkennt. Der Mensch kann *alles* auflösen, theoretisch zumindest, vielleicht auch praktisch, einschließlich sich selbst. Nur eines kann er nicht auflösen, nicht einmal wegdenken: Raum und Zeit. Vielleicht weil sie REALITÄT sind, die einzige, die nicht von eben diesem Bewusstsein in die sogenannte Wirklichkeit hineingelegt worden ist.

Nun gut, was soll's? Was geht mich das an? Mal wieder subjektiv gesehen, also auf mein eigenes Problem beschränkt. Jedenfalls bin ich dann, nachdem ich mich wieder beruhigt hatte, noch einen Schritt weitergegangen – ich hoffe, den letzten. Für Punkt A und B habe ich die Begriffe ›Geburt‹ und ›Tod‹ eingesetzt, und mir ist, wie jedem menschlichen Wesen, durchaus bewusst, meistens schmerzlich, dass ich mich, ob ich mich nun bewege oder nicht, auf dem Weg von A nach B befinde. Und mit einem Mal hatte ich das Gefühl – ich erschrecke dabei im tiefsten Innern meines Wesens – als sei IN MIR die ›Zeit‹ bereits abgelaufen; als sei meine biologische Uhr, falls es so etwas gibt, zum Stillstand gekommen. Abgesehen davon, dass die Lebenszeit im Angesicht der Ewigkeit des Todes natürlich immer gegen null läuft.

Eine kleine Hoffnung sehe ich nur darin, dass für mich die ›Zeit‹ nicht als Ganzes, sondern nur für einen Teil von mir oder in mir abgelaufen ist. Um es mit meinem Lieblingsphilosophen zu sagen: ›Als mein Vater bin ich bereits gestorben. Als meine Mutter lebe ich weiter.‹ Oder so ähnlich jedenfalls. Denn so schlecht es mir im Moment auch gehen mag, meine ich doch irgendwie zu verspüren, dass dieser unangenehme Zustand auch eine Art Stachel ist, der mich antreibt, geradezu zwingt, etwas zu ändern. Oder zugrunde zu gehen.

Eines jedenfalls ist klar. So wie bisher kann es nicht weitergehen – was, im wahrsten Sinne des Wortes, im Grunde auch längst der Fall ist.«

Thomas versank, von seinen eigenen Worten nun sichtlich ergriffen, in Schweigen.

Auch Kullmann, der wie so oft in letzter Zeit nicht mehr alles hatte nachvollziehen können, was an all dem so schlimm sein sollte, zog es vor zu schweigen. Er hatte bemerkt, dass es Thomas, entgegen dessen sonstiger Art, alles auf die leichte Schulter zu nehmen, ernst war und eine dumme Bemerkung unangebracht wäre.

In den vergangenen Jahren war er Thomas Schritt für Schritt gefolgt, bis an den Rand des Nichts. Er hatte in ihm eine Art Vorläufer der eigenen potentiellen Entwicklung gesehen. Doch diese merkwürdigen Probleme, die Thomas mit »Raum und Zeit« oder der »Zeit« an sich zu haben schien, waren ihm schleierhaft. Und sie sollten es auch bleiben.

Er stand auf, trat ans Fenster und sah hinunter auf den Rasen.

An die Höhe, die ihm anfangs noch bedenklich erschienen war, hatte er sich längst gewöhnt. Ja, manchmal war es sogar so, dass ihn der Gedanke nicht losließ, es sei möglich, wohlbehalten auf dem Rasen zu landen, nur ein kleiner Sprung, hier vom zwölften Stock. Merkwürdigerweise überkam ihn dieser Gedanke nie, wenn es ihm etwas schlechter als gewöhnlich ging, sondern etwas besser. Sowas wie Übermut? Aber wozu sollte er es versuchen? Er fühlte sich nicht unwohl, hier in seinem kleinen Apartment, in diesem grauen Kasten. Nicht schwarz, nicht weiß, nicht kalt, nicht heiß. Einfach grau – und lau.

Das Spiegelbild seiner eigenen Seele?

»Vielleicht«, begann nun Thomas in seinem Rücken, »sollte man mal anfangen, sich nichts mehr vorzumachen?«

Kullmann drehte sich zu ihm um.

»Ja, vielleicht.«

»Plan A, dieses Studium, das ist mir im Grunde klar, wird nichts mehr. Einen Plan B gibt es nicht ...«

Thomas überlegte eine Weile und fuhr dann fort.

»Man kann es allerdings auch andersherum sagen:

Vielleicht sollte man endlich mal anfangen, sich etwas vorzumachen.«

Kullmann lächelte.

»Schön gesagt.«

»Ja, finde ich auch.«

Thomas lächelte ebenfalls.

ANHANG 1

De Scientia

Die Einteilung der Stoffe in die beiden großen Bereiche **fest** und **flüssig**, die seit Menschengedenken üblich war, ist in jüngerer Zeit durch einen weiteren potentiellen Zustand in Frage gestellt worden.[1]

---

1 »Opera omnia« Bruxelles 1707.
Mit den Worten »hunc spiritum, ignotum hactenus, novo nomine <u>gas</u> voco« (Unterstreichung vom Verfasser) wurde ein weiterer möglicher Aggregatzustand eingeführt, der gasförmige, der jedoch noch lange nicht hinreichend erforscht ist, um ihn hier behandeln zu können. Man ist sich noch nicht einmal sicher, ob es jenen, »Gas« genannten Zustand überhaupt gibt; gesehen jedenfalls hat ihn bislang noch niemand.
Möglich, dass hier ein ähnliches Problem auf uns zukommt wie dasjenige, das die Herren Heisinger und Schrödenberg aufgestellt haben, die mit ihren Berechnungen sowohl dem Teilchen (fest) als auch der Welle (flüssig) gerecht werden wollen. Es ist, man möchte sagen, Geschmackssache geworden – und: de gustibus non est disputandum – die eine oder andere Berechnung zu benutzen (vgl. »Quanten im Wechsel von Teilchen und Welle«, Göttingen 1956).
Fraglos findet sich auch bei den beiden großen Bereichen »fest« und »flüssig« keine absolute Festlegung, wann nun etwas als »fest« und wann es als »flüssig« zu bezeichnen wäre, da beide Zustände, im Speziellen wie im Allgemeinen, wie hinlänglich bekannt, unter anderem vom Standpunkt des Betrachters abhängig sind. Dies sogar in zwiefacher Form, nämlich sowohl relativ als auch absolut. Oder sowohl sub- als auch objektiv. Vermutlich vermag nur der »Common Sense«, zumindest in diesem Fall, ein detaillierteres Eingehen auf die ganze Komplexität in der Sache unnötig machen.

Wir wollen uns in dieser Abhandlung jedoch mit den im Großen und Ganzen bekannten Zuständen **fest** und **flüssig** aufhalten, von denen als fest solche und ähnliche Materialien wie Eisen, Stein und Holz bezeichnet werden, während uns als flüssig das Wasser und ähnliche Stoffe gelten.[2]

---

2 »Material und Stoffe«, Manchester 1923.
Dies alles natürlich schließt auch sämtliche Komposita oder andere Materialien ein.
Im Falle fester Stoffe die gesamte Skala von Aluminium bis Zink und Stahl im Allgemeinen, von Steinkohle über Edelstein zu Einstein und von Holzkohle über Holzwolle bis zu Helmholtz (alte Schreibweise).
Im Falle flüssiger Stoffe das Salzwasser, Süßwasser und die Öle verschiedener Art (a.a.O.).
Weitreichend kluge Köpfe werden sicherlich gleich vermeinen einwenden zu müssen, dass selbst hierbei keinerlei Unterschied besteht, weil sie glauben zu wissen, dass nur unter gewöhnlichen Umständen, wie sie allerdings gewöhnlich auch herrschen, diese genannten Materialien einer Unterscheidung unterliegen, da alles, ob es sich um Eisen, Stein, Holz oder Wasser handelt, in der Leere (Vakuum) mit gleicher Geschwindigkeit fällt, steigt oder am Ort verbleibt.
Klug gedacht!
Jedoch ist hierbei die Lösung so einfach, wie sie alt ist: Dies beweist uns nur, dass es ein Vakuum nicht geben kann.
Mit dieser Lösung soll dennoch nicht wiederum imaginären Verklärungen wie Gott, Äther, Strings und dergleichen, die gewissermaßen alles durchdringen und überall vorhanden sein sollen (?), Tür und Tor geöffnet werden. Im genauen Gegenteil. Es ist zwar zweifelsohne etwas da, mag man es nun bezeichnen, wie man es will – neue Worte helfen hierbei auch nicht viel weiter – siehe hierzu: »Trois Quarks four the auld maaster«, London 1942, o.Ü. – Nur, was?

Feste Materie (oder feste Materialien – wir wollen bei der Wahl der Begriffe nicht allzu kleinlich sein) ist in der Lage, in flüssige überzugehen, so wie flüssige in feste übergehen kann.[3]

---

3   »Wechselwirkungen«, Tübingen 1934.
    Ob nun Moleküle – die bekanntlich aus Atomen zusammengesetzt sind, die wiederum aus Quarks und Leptonen bestehen sollen (bloß keinen Schritt weitergehen!) – des festen Materials durch Erhöhung der Temperatur, das ist Energiezufuhr [a], in eine derartige Bewegung versetzt werden, dass dieses Material seine feste Form verliert und flüssig wird, oder ob nun Moleküle der flüssigen Stoffe durch Erniedrigung der Temperatur, das ist Energieabfuhr [a], derartig erstarren, dass sie fest werden, oder ob es sich in anderen Fällen so verhält, wie es der Volksmund sagt, dass nämlich ein Lebewesen vor Wut kocht – wobei Schweißperlen aus dem festen Körper heraustreten (Transpiration) – oder vor Kälte starr wird – wobei insbesondere die Extremitäten betroffen sind (Kaliumtraktion) – (dies alles in: »Vox populi«, Rom 1891), mag dahingestellt bleiben. Lebewesen, die allesamt sowohl aus festen als auch aus flüssigen Stoffen bestehen, wie allen voran die höheren Säugetiere, zu denen auch der Mensch (homo sapiens sapiens) zu rechnen ist, vereinigen zweifellos in wundersamer Weise beide Zustände, so dass zur Erforschung beider Formen leicht diese Lebewesen herangezogen werden könnten.
    Leider ist aber auch hierbei wiederum eine Begrenzung den als »Homo sapiens sapiens« bezeichneten Lebewesen in zwiefacher Form auferlegt (vgl. Anmerkung 1). Zum einen müssten sie dann sich selbst erkennen und zum anderen auch klarer sehen können, denn dann würden sie vermutlich mehr Flüssiges oder doch mehr Fließendes erkennen, als sie bisher als solches zu benennen gewohnt sind und umgekehrt (vgl. »Bilder in Fluss und Überfluss«, Arles 1889).
    Es geht hier jedoch um etwas anderes.

    a) Feinheiten, wie eine besondere Erwähnung, dass es sich dabei um die Zufuhr (oder Abfuhr) kinetischer Energie handelt (im Gegensatz zur potentiellen), übergehen wir hier wie auch an anderen Stellen stillschweigend.

Wo aber verbleibt feste Materie, die sich vollständig auflöst – zum Beispiel durch Verbrennen? Und wo verbleiben
flüssige Stoffe, die sich vollständig verflüchtigen – zum Beispiel
durch Kochen?[4]

---

4 Eine Frage, die in freier Rede respektive in freiem Schreiben das Thema zu
   erweitern imstande ist, gilt als gang und gäbe, seitdem die Wissenschaft ihren
   Elfenbeinturm verlassen hat und sich bemüht, um Verständnis zu ringen in
   Dingen, die sie selbst nicht allein zu überblicken vermag (»Novae scientiarum
   viae«, Uppsala 1976). Es ist möglich, wenn auch unwahrscheinlich,
   dass wir dabei auf etwas stoßen, das in früheren Zeiten als der »Stein der
   Weisen« bezeichnet wurde, dessen Eigenschaft, nebenbei bemerkt, den
   beiden Zuständen fest und flüssig zugleich gerecht werden soll; nur dass er
   heutzutage nicht mehr als Garant für Macht, Reichtum und ewige Jugend
   gilt – wer will davon noch etwas wissen? –, sondern einen Weg aus einer
   Entwicklung zeigen soll, die immer tiefer in ein Chaos zu führen scheint
   (Ansätze zur Lösung scheinen jedoch auch schon absehbar zu sein – vgl.
   »Ordnung aus Chaos«, New York, Tokio, Kalkutta 1984 – auch oder gerade
   aus dem zuletzt so verschrienen Bereich der Mathematik, einst der Königin
   der Wissenschaften, hört man Erfolgversprechendes: 4,669 (nicht: 42, wie
   in »Galaxien«, Los Angeles 1975, sondern vgl. hierzu: »Mandelbaum und
   Feigenbrot«, Philadelphia 1985)).
   Eine andere Frage scheint allerdings ebenso richtig oder wichtig zu sein,
   wie diejenige nach der Ordnung aus dem Chaos oder der Frage nach dem
   Chaos aus der Ordnung. Wie entsteht überhaupt Chaos aus Ordnung? Oder
   umgekehrt?
   Unseres Erachtens reicht es nun nicht mehr aus, nur auf die Thermodynamik,
   insbesondere den Zweiten Hauptsatz mit anschließendem Finalsatz zu
   verweisen (siehe auch »Entropie – na und?«, Clausius u.v.a., Berlin, München,
   Wien 1865). Dieser Zweite Hauptsatz trifft bekanntlich, wie auch schon der
   Erste, nur auf ein geschlossenes System zu. Es wird aber niemand Anstoß
   daran nehmen können, dass wir hier auf unserer Erde eben kein geschlossenes
   System haben. Dies gilt auch und insbesondere für alles Lebende innerhalb
   des Systems.

Durch diese weiterführende Frage sehen wir uns geradezu genötigt, doch noch einen Satz zu verlieren, in dem etwas über denjenigen Zustand zu sagen sein wird, der als »gasförmig« bezeichnet wurde.[5]

---

5   Der Begriff »Gas« entstammt, wie allgemein bekannt sein dürfte, dem altgriechischen Wort »chaos«, was so viel bedeutet wie »Unordnung« (vgl. »Gemoll«, 9. Aufl. 1965, oder auch »Bedur«, 14. Aufl. 1967). Dieses Gas ist, wie schon erwähnt (siehe Anmerkung 1), in der Regel unsichtbar (Vermutungen allerdings, es könne sich beim Gas um dasjenige handeln, wie auch wir selbst zunächst vermuteten (siehe Anmerkung 2), das in allem ist und alles durchdringt, weisen wir ziemlich entschieden zurück). Gelegentlich jedoch kann man es riechen (witzige, unseres Erachtens nach vorwitzige, wenn nicht gar wahnwitzige Stimmen gehen mitunter so weit zu behaupten, alles, aber auch alles – das ist das Universum – sei zurückzuführen auf gewisse »Blähungen« eines oder des Gottes – ein wenig Materie würde immer mitkommen (vgl. auch »Antichrist«, Leipzig 1888), weisen wir allerdings noch entschiedener zurück).
Von allzu weit gehenden Auslassungen, die an dieser Stelle zweifelsohne möglich wären, sehen wir dann auch selbst ab. Es reicht, durch einige einfache Fragen das Ganze selbst ad absurdum zu führen: Handelt es sich beispielsweise beim Käse um »Gas«? Nein, er riecht, aber ist nichts anderes als erstarrte Flüssigkeit (siehe Anmerkung 3). Ist etwa eine Blume auf dem Felde oder in der Wiese »Gas«? Eine Frage, die sich jeder selbst beantworten mag (ansonsten sei verwiesen auf »Les fleurs et le mal«, o.Ü., Paris 1857). Überhaupt führen, wie schon erwähnt (siehe Anmerkung 2), Worte allein nicht auf die richtige Spur (sonst würde man lachen, wenn einem das sogenannte »Lachgas« verabreicht wird, was bekanntlich nicht der Fall ist – hingegen gibt es wiederum reichlich Tränen bei Verabreichung des sogenannten und eben nicht nur sogenannten »Tränengases«, bei dem das Wort uns Aufschluss gibt über die Art und Weise der Sache, wie unter anderem auch beim »Knallgas«. Zu all dem vgl. »Linguistics – Signifiant/Signifiè«, o.O.u.o.Ü., New York 1913).
Was aber sonst? Wir wissen es nicht zu sagen (vgl. »Philosophokleia«, Athen 97. Aufl. 1986), und wir werden weiterhin auf weitere Forschungen warten müssen.

Früher oder später, so viel vorläufig und nicht nur hierzu, wird, sei es durch Verbrennen oder sei es durch Kochen, oder, auch möglich, einfach im Laufe der Zeit, alles, so wie es aussieht, in den Zustand übergehen, aus dem es, wie es scheint, vielleicht auch gekommen ist, also in Gas oder Gase, womit abschließend für die anfangs aufgestellte Vermutung der Beweis erbracht worden sein dürfte.

ANHANG 2

Plan W

I.

Der Kommandant des Raumschiffes der VES, der Österreicher Adolf Schicklgruber, blickte schon eine geraume Weile auf die grün leuchtenden Ziffern der Uhr auf dem Monitor.

Als es endlich so weit war, gab er die Daten in den Bordcomputer ein:

WEZ (Weltzeit):   13.00 / 14/03/2022
BOZ (Bordzeit):   T + 1h

Er hielt mit der weiteren Eingabe kurz inne, sah über die Schulter zu seiner Besatzung hinüber, wandte den Kopf wieder dem Monitor zu und vervollständigte die Eingaben:

Reisegeschwindigkeit: c x 0,9999.
Dilatationsflug vorletzter Ordnung.
Apparaturen einwandfrei.
Besatzung wohlauf.

Er schaltete den Monitor aus, drehte sich mit dem Sitz um einhundertundachtzig Grad und wandte sich an seine Besatzung:

»Die vom Raumzentrum gesteuerte Beschleunigungsphase ist vorüber. Ich schalte auf Raumschiffautomation.«

Er drückte auf einen gelben Button mit schwarzer Aufschrift »A«, der sich an der rechten Lehne seines Sitzes befand.

»Von nun an sind wir auf uns selbst angewiesen.«

Der Engländer Benjamin Young nickte mit ernster Miene

und sah zum dritten und letzten Besatzungsmitglied hinüber, der Dänin Anne-Mette Örsted.

»Welche Geschwindigkeit haben wir erreicht?«, fragte sie den Kommandanten.

»99,99 Prozent der Lichtgeschwindigkeit.«

»Mein Gott, so viel? Wie viel mag ich nun wohl wiegen?«

»$M = E/c^2$«, gab Schicklgruber trocken zurück.

»Was meint ihr«, fragte er dann, »sollen wir regelmäßige Eingaben über die Reise ins Bordtagebuch eintragen? Sozusagen zur Speicherung für alle Fälle. Oder sollen wir nur etwas eingeben, wenn wir es für nötig halten?«

»Sie sind der Kommandant«, antwortete Young.

»Sicherlich. Schön und gut. Ich bin der Kommandant. Aber Entscheidungen sollten wir doch alle gemeinsam treffen, nicht wahr? Oder zumindest wir beide, Ben, sollten gemeinsam entscheiden«, korrigierte er sich, nachdem er gesehen hatte, dass Anne-Mette Örsted seinen Worten offensichtlich kein Gehör mehr schenkte, sondern ihre Gurte gelöst, sich und vor dem Zweiquadratmeterspiegel platziert hatte und sich größte Mühe gab, ihre preußischblaue Bordkombination glattzuziehen.

»Ach«, wandte sie sich dann an den Kommandanten, »ich bin vom Start so erschöpft und würde gerne ein wenig ruhen.«

»Bitte, tun Sie, was Sie für richtig halten. Wir sind schließlich alle freiwillig an Bord, nicht wahr?«

Anne-Mette Örsted warf einen letzten prüfenden Blick in den Spiegel und schwebte dann in ihre Kabine.

»Hast du gesehen, wie sie sich kurz vor dem Start für die Pressefotografen in Pose geworfen hat?«

»Nein«, antwortete Ben Young, »ist mir nicht aufgefallen – vermutlich weil ich anderes im Sinn hatte.«

»Hm, wie alt bist du eigentlich?«

»Achtzehn.«

»Achtzehn«, wiederholte Schicklgruber, »interessant, sehr

interessant. Die Örsted ist sechsunddreißig, ich bin zweiundsiebzig. Das scheint System zu haben.«

»Wie meinen Sie das?«

»Nun, sie ist doppelt so alt wie du, ich bin doppelt so alt wie sie – und viermal so alt wie du …«

»Also eine geometrische oder arithmetische Folge. Oder Reihe.«

»Ja, eben. Sieht nicht nach Zufall aus. Oder?«

Ben Young zuckte mit den Schultern.

»Machen wir uns doch nichts vor, Ben. Wir sind hier auf einer Reise ins Ungewisse. Ähnlich wie zu Beginn der fünfziger und sechziger Jahre des vergangenen Jahrhunderts, als man anfangs Hunde oder Affen in die Erdumlaufbahn geschickt hat, wurden nun wir drei – aus welchen Gründen auch immer – sagen wir: auserwählt.«

Schicklgruber sah nachdenklich durch eines der kleinen Bullaugen und betrachtete den immer kleiner werdenden Jupiter, an dem sie vor wenigen Augenblicken vorbeigeflogen waren.

»Wir haben gerade, plangemäß T+1, Jupiter, passiert. In etwa fünf Stunden erreichen wir Pluto und verlassen dann unser Sonnensystem. Vielleicht sollten auch wir ein wenig ruhen. Zeit zur Unterhaltung bleibt uns auf unserer Reise noch genug.«

»Zweihundertachtundsechzigeinhalb Tage«, bemerkte Benjamin Young, »positive und negative Beschleunigung eingeschlossen.«

»Exakt.« Schicklgruber, ein wenig erstaunt über das Wissen des Jungen, löste seine Gurte und begab sich in seine Kabine. Nach einigen schwerelosen Salti vor- und rückwärts verschwand dann auch Young in der seinen.

Im August des vergangenen Jahres, WEZ 2021, waren die Minister der Raumzeitbehörde der VES (Vereinigte Staaten von

Europa) zu dem Entschluss gekommen, eine Expedition wieder aufzunehmen, die einst im Juli WEZ 1969 von den USA (United States of America) begonnen worden war:

Ein bemannter Flug zum achten Planeten im System der Wega.

Da die drei Astronauten der damaligen Expedition nach zweiundfünfzig Jahren immer noch nicht zurückgekehrt waren – die einfache Entfernung Erde – Wega betrug etwa sechsundzwanzig Lichtjahre –, hatte man das Unternehmen als gescheitert ansehen müssen. Und während man sich, nicht zuletzt aus finanziellen Überlegungen, in den USA mit kleineren Reisen auf Marsebene begnügte, hatte die VES nun alles daran gesetzt, dieses Vorhaben doch noch in die Tat umzusetzen. Dem erfahrenen Adolf Schicklgruber, dem ersten Mitteleuropäer einer Spaceshuttleexpedition in den achtziger Jahren, hatte man dazu den jungen Astrophysikstudenten der Universität London, Benjamin Young, an die Seite gestellt sowie auf Wunsch der finanzstarken skandinavischen Länder die Dänin Anne-Mette Örsted (durchaus auch eine Kombination altersbedingter Überlegungen, so sich denn die relativistischen Berechnungen des Flugs als Irrtum herausstellen sollten).

Als Adolf Schicklgruber BOZ T+6 zurück in den Kommandoraum kam, saß Young bereits wieder auf seinem Platz am Beobachtungsstand.

»Schon wieder da?«

»Ja«, antwortete Young, »schlafen konnte ich sowieso nicht.«

»Ich auch nicht. So ganz hat mich die Frage nicht losgelassen, warum ausgerechnet wir für den Flug auserwählt wurden. Was meinst du?«

»Keine Ahnung, wirklich. Vielleicht stimmt ihre Hunde- und Affentheorie, vielleicht hat es etwas mit der Folge oder Reihe zu tun … vielleicht ist es auch ein ganz anderer Grund – oder einfach: Zufall.«

»Zufall?« Schicklgruber lächelte. »Ich dachte immer, Gott würfelt nicht.«

Young lächelte ebenfalls. »Gott vielleicht nicht, aber die VES. Und auch das Würfeln unterliegt gewissen Wahrscheinlichkeiten, nicht wahr?«

»Sicher. Aber eben nur Wahrscheinlichkeiten …«

»Pluto.« Young wies zum Bullauge. Aber bevor Adolf Schicklgruber überhaupt reagieren konnte, war es bereits zu spät, um noch etwas vom letzten Planeten des Sonnensystems zu erkennen.

»Auf zu den Sternen!«

»Immer mit der Ruhe, mein Junge …«

Plötzlich aufkommende Erschütterungen ließen eine weitere Aussage Schicklgrubers zu Youngs Ausspruch verstummen. »Mist!«, rief er. »Wir haben versäumt, den oder das Energieschutzschild einzuschalten. Der Asteroidensturm am Rande des Sonnensystems. Schnell, Ben, Schalter ›E‹.«

Young stieß sich vom Sitz ab, flog zum Kontrollstand und betätigte den roten Button mit der blauen Aufschrift »E«. Augenblicklich hatte sich der oder das Energieschutzschild aufgebaut, die Erschütterungen ließen nach, und es umgab sie wieder die nahezu vollkommene Stille des Universums, die nur vom monotonen Saitenspiel des immer wiederkehrenden Echos des Urknalls durchbrochen wurde.

»Was war denn los?« Die Örsted schwebte in den Kommandoraum.

»Nichts von Bedeutung«, antwortete Schicklgruber, »ein Asteroidensturm.«

»Ach, ein Sturm. Wie aufregend. Solch eine Reise ist an sich doch sehr ermüdend.«

Sie schwebte unschlüssig im Raum herum.

»Kann ich irgendetwas tun?«, fragte sie.

»Nein, an sich gibt es nichts zu tun. Alles läuft auf Automatik. Oder hast du etwas, Ben?«

»Nein.«

»Nun, dann kann ich mich also wieder zurückziehen.«

Sie schwebte zurück in ihre Kabine.

Aber solch eine Reise, wie Anne-Mette Örsted zu Recht gesagt hatte, ist wirklich sehr ermüdend. Es ist an der Zeit, dass etwas passiert.

»Sehen Sie!«, rief Young plötzlich und zeigte auf das große Einquadratmeter-Beobachtungsfenster, »ein Raumschiff.«

»Im Rückwärtsflug, wie es scheint«, vervollständigte Schicklgruber die Beobachtung, »schalte den Kontaktmonitor ein.«

Young schaltete den Monitor ein, auf dem ein weibliches Gesicht erschien, das die Lippen zum Sprechen bewegte.

»Ton!«

Young drehte den Ton an.

»… dies rew, ollah.«

»Translater!«

»Translater ein«, antwortete Young.

»Hallo, wer seid ihr? Hallo!«, ertönte es aus dem Empfänger.

»Sender!«

Young schaltete den Sender ein.

»Hier Raumschiff der VES«, meldete sich Schicklgruber, »mit wem sprechen wir?«

»Geht sofort auf manuelle Steuerung«, erwiderte die Frauenstimme, ohne auf Schicklgruber einzugehen, »Kursänderung um fünfundvierzig Grad.«

Schicklgruber betätigte den schwarzen Button mit der gelben Aufschrift »M« und brachte das Raumschiff auf eine Kursänderung von fünfundvierzig Grad.

»Sehr gut«, sagte die Frauenstimme, »wir kommen jetzt zu euch an Bord.«

Das letzte Wort war kaum verklungen, als sich schon im Kommandoraum zwei weibliche und ein männliches Wesen materialisierten.

»Es wird in allerletzter Sekunde sein … gewesen sein«, sagte das etwas jüngere der beiden weiblichen Wesen, »beinahe würdet auch ihr in ein Schwarzes Loch geraten sein – wie eure Nachkommen in etwa fünfzig Jahren.«

»Vorfahren meint unsere Kommandantin«, korrigierte die andere weibliche Person.

»Entschuldigung, natürlich eure Vorfahren. Ich habe noch meine Schwierigkeiten mit eurer Sprache. Weniger mit den Substantiven als vielmehr mit adverbialen Bestimmungen der Zeit und den Zeitformen des Verbs.«

»Nun«, Schicklgruber grinste, »da sind Sie sicherlich nicht die Einzige – im Universum. Aber wer seid ihr denn? Und woher kommt ihr?«

»Mein Name ist Anul«, stellte sich die Kommandantin vor, »ihr Name ist Attenul, sein Name Temok.«

»Angenehm. Schicklgruber, Young«, er wies auf Ben Young, »und woher kommt ihr?«

»Wir sind aus dem System WeLo, halten uns allerdings nahezu durchgehend, mit wechselnden Besatzungen, an dieser Stelle des Universums auf, seitdem eine unserer Besatzungen in etwa fünfzig Jahren erleben wird, wie eines eurer Raumschiffe in ein Schwarzes Loch geraten wird sein.«

»Sprecht ihr vom Raumschiff der Apollo-Klasse?«, fragte Young.

»Richtig. Deshalb sind wir hier. In der Hoffnung, noch einmal Wesen anzutreffen, die den umgekehrten Prozess durchlaufen. Etwas, was unsere Vorstellungen erheblich ins Wanken gebracht haben wird.«

»Ich kann im Moment nicht ganz folgen«, sagte Schicklgruber, »nehmt doch erstmal Platz.« Er wies auf die weißen Sessel, die um einen gläsernen Tisch in der Mitte des Kommandoraums standen.

»Soweit ich alles verstanden habe,« fuhr Schicklgruber fort, »verläuft bei euch alles umgekehrt?«

»Je nachdem, wie man es sieht«, antwortete Temok, »oder bei euch. Bis in fünf Jahrzehnten, das heißt, bis vor fünf Jahrzehnten, war für uns alles eindeutig. Der Zeitpfeil wies in eine Richtung. Dann aber erlebten unsere Nachkommen, wie ein unbekanntes Raumschiff am Ereignishorizont eines Schwarzen Lochs auseinanderflog – so wie es euch auch beinahe ergangen würde. Dabei stürzten zwei der drei Raumfahrer in das Loch, während der dritte herausgeschleudert wird und an Bord eines unserer Raumschiffe gebracht werden kann. Von ihm werden unsere Nachkommen …«

»Haben unsere Vorfahren«, korrigierte ihn Attenul.

»Richtig, von ihm haben unsere Vorfahren erfahren, dass man bei euch immer älter wird, wohingegen man bei uns immer jünger wird, bis man … na, ihr wisst schon.«

»Soll das bedeuten«, fragte Ben Young, »dass ihr alt zur Welt beziehungsweise zu WeLo kommt und dann immer jünger werdet?«

»Genau«, sagte Anul, die kaum viel älter oder jünger war als Young.

»Können wir nicht tauschen?« Schicklgruber stimmte einen alten Hit der achtziger Jahre WEZ an:

»Forever young,
I want to be forever young …«

Nicht nur die fremden Wesen, auch Ben Young sah Schicklgruber wegen des makabren Textes ein wenig entrüstet an.

»Verzeihung«, sagte Schicklgruber, »das war etwas gedankenlos von mir. Es fehlt übrigens noch jemand von unserer Besatzung. Ben, holst du sie mal?«

Ben Young flog zur Kabine der Örsted und klopfte mehrere Male an.

»Moment noch«, klang es heraus, »ich komme gleich.«

»Tja,« sagte Schicklgruber nun, »es fällt mir schwer, mir vorzustellen, wie es umgekehrt laufen kann. Ich meine, wie ein Leben in eine andere Richtung laufen kann, sozusagen … ihr versteht, was ich meine?«

»Ja, natürlich«, sagte Anul, »uns geht es nicht anders.«

»Was ist eigentlich aus dem Astronauten geworden, den ihr mitgenommen habt?«, fragte Young.

»Nun, er wird in unserem System zu einem Teil immer jünger und zum anderen immer älter, was er nicht lange verkraftet haben wird und sich das Leben nehmen. Aber wenn es richtig ist, was wir von ihm erfahren, so würden wir das eurige Leben vorgezogen haben.«

»Also, ich würde«, sagte Schicklgruber, »das eurige Leben vorziehen. Die Vorstellung, immer jünger zu werden, wenn auch nicht für immer jung, gefällt mir ganz gut.«

»Es ist alles andere als schön«, erwiderte Anul, »bedenken Sie, wie es bei uns üblicherweise abläuft: Sie kommen aus dem angenehmen Rentenalter ins Arbeitsleben und landen schließlich, zumindest die meisten von uns, verlassen von Eltern und Großeltern in einem Kindergarten.«

»Im Grunde also wie bei uns«, bemerkte Schicklgruber, »nur umgekehrt.«

»Ja, im Grunde anscheinend überall das Gleiche.«

»Mir ist nicht ganz klar«, bemerkte Young, »wie ihr vor etwa zweiundfünfzig Jahren auf unser Raumschiff stoßen konntet, wenn es so zu sein scheint, dass unsere Vergangenheit eure Zukunft ist – und natürlich auch umgekehrt.«

»Hm, das, genau das bereitet auch uns Probleme«, antwortete Temok, »es ist wie ein Bruch in unserer Zeitsymmetrie – also, in unser beider Zeitsymmetrie.«

»Vorausgesetzt ihr fliegt mit der gleichen Geschwindigkeit wie wir«, überlegte Young, »könnte es an der Relativität der

Zeit selbst liegen. Wann nach WeLo-Zeit seid ihr losgeflogen, und wie lange seid ihr unterwegs?«

»Ben, ich muss Sie enttäuschen«, antwortete Temok, »die Relativität der Zeit ist für uns kein Problem mehr. Wir benutzen in langer Zeit schon Quantenantrieb. Das heißt, wir werden oder waren gleichzeitig sowohl hier als auch in WeLo. Und erst in dem Moment, als wir mit euch Kontakt aufnehmen, werden wir nur konkret hier sein.«

»Leute, bitte hört auf«, meldete sich Schicklgruber zu Wort, »mir ist das alles zu hoch. Ich möchte einfach nur zwei Zitate zweier großer Physiker des vergangenen – oder zukünftigen – Jahrhunderts nennen:

›Jeder, der behauptet, er habe die Quantenmechanik verstanden, hat überhaupt nichts verstanden‹ soll Niels Bohr gesagt haben.

Und, mein persönlicher Lieblingsspruch, vom großen Albert Einstein über das Thema Zeit:

›Zeit ist das, was auf der Uhr steht.‹

Schluss. Aus. Ende.«

»Oder: Beginn. Ein. Anfang«, lächelte Anul, »es wird, war oder ist schön – ich bleibe mal sicherheitshalber im Präsens – euch kennenzulernen. Aber es ist auch, tut mir leid, den Begriff nochmals sagen zu müssen, Zeit für uns, von Bord zu gehen. Wir wissen nicht, wie lange für uns die Möglichkeit besteht, aus dem konkreten Zustand hier an Bord wieder in den Quantenzustand unseres Raumschiffs zurückzukehren.«

Die drei Besucher waren nun ebenso schnell verschwunden, wie sie aufgetaucht waren.

Anne-Mette Örsted schwebte in den Kommandoraum.

»Hatten wir Besuch?«

Schicklgruber und Young gleichzeitig: »Nein.« »Ja.«

»Also, ich fühle mich schon«, die Örsted pikiert, »ein wenig überflüssig hier. Niemand sagt mir was.«

»Wir sind uns doch selbst nicht sicher … also, ob wir Besuch hatten oder nicht, nicht wahr, Ben?«

»Ja. Das heißt: Nein, wir sind uns selbst nicht sicher.«

»Nun gut, wenn das so ist, mache ich mich wieder auf in meine Kabine.«

Die Örsted schwebte von dannen.

»Haben wir überhaupt richtig gehandelt, Ben, nur aufgrund dieser WeLo-Erscheinungen den Kurs zu ändern?«

»Ja, ich glaube, es war richtig. Nach meinen eigenen Berechnungen hätte es, wenn auch ein kleines, Schwarzes Loch am Rande des Sonnensystems geben sollen.«

»Du bist ein kluger Junge, wie mir scheint.«

»Danke. Vielleicht kommen wir so dem Auswahlverfahren für diesen Flug doch noch auf die Spur.« Young lachte und auch Schicklgruber stimmte in das Lachen ein.

Während im Raumschiff also eine relativ gute Stimmung herrschte und gerade mal etwas mehr als sechs Stunden vergangen waren, entsprach dies auf der Erde bereits über fünfunddreißig Tagen. Doch weder im Raumschiff noch im Kontrollzentrum auf der Erde war aufgefallen, dass der schwarze Knopf weiterhin auf »M« stand und sich unsere Reisenden nicht mehr auf dem vorgesehenen Weg befanden, sondern auf einem Weg, auf dem sie ihr Ziel aller Wahrscheinlichkeit niemals würden erreichen …

II.

Wem anders als Benjamin Young hätte es schließlich doch noch auffallen können, dass die automatische Steuerung abgestellt war und sich das Raumschiff auf einem anderen Kurs befand?

Sofort informierte er den Kommandanten Adolf Schicklgruber und teilte ihm mit, dass sie bei der Begegnung mit dem Raumschiff von WeLo ihren Kurs um fünfundvierzig Grad geändert hatten und sich nicht mehr auf dem vorgesehenen Weg zum System der Wega befanden.

Anhand der Aufzeichnungen des Bordcomputers konnten Young und Schicklgruber jedoch schnell ermitteln, wann genau sie den Kurs geändert hatten, um dem Schwarzen Loch auszuweichen.

Das Manöver war vor exakt sechs Stunden dreiundvierzig Minuten BOZ erfolgt, so dass Young vorschlug, in zwei Minuten den Kurs wiederum um fünfundvierzig Grad zu ändern und diesen Vorgang weitere sechs Mal zu wiederholen, jeweils nach sechs Stunden fünfundvierzig Minuten, bis sie sich wieder auf dem richtigen Weg befinden würden.

»Natürlich, Junge«, erklärte sich Schicklgruber einverstanden, »du hast sicherlich recht. Und wie viel Zeit werden wir insgesamt durch diese ganzen Korrekturen verloren haben?«

Young warf einen Blick auf die Borduhr. »In einer Minute sind wir insgesamt zwölf Stunden und fünfundvierzig Minuten unterwegs. Dazu kommen dann noch weitere sieben mal sechs Stunden fünfundvierzig Minuten: Macht zusammen eine Flugzeit von sechzig Stunden.«

»Schön«, sagte Schicklgruber, »und nach Erdzeit?«

»Moment«, Young dachte kurz nach, »wir fliegen mit 99,99 Prozent der Lichtgeschwindigkeit, das heißt, der Dilatationsfaktor beträgt etwa 70,7. Also werden auf der Erde einhundertsechsundsiebzig und drei viertel Tage vergangen sein.«

»Na, das geht doch noch … ich meine im Verhältnis zu den zweiundfünfzig Jahren Erdzeit, die wir wohl unterwegs sein werden. Irgendetwas wollte ich noch fragen.« Schicklgruber überlegte kurz. »Ich hab's: Was ist, da wir nun eine Zeitlang einen anderen Kurs fliegen, wenn wir wieder auf ein Schwarzes Loch stoßen?«

»Nun, ich kann mir zwar nicht vorstellen, dass sich in der näheren Raumumgebung noch ein weiteres Loch befindet«, antwortete Young, »aber wir können für alle Fälle einen Lichtstrahl in Flugrichtung aussenden. Sollte er eine starke Krümmung aufweisen, könnte ein Schwarzes Loch vor uns liegen, und wir hätten noch Zeit genug, um auszuweichen.«

»Zeit zum Ausweichen? Bei unserer hohen Geschwindigkeit? Sollten wir sie nicht verlangsamen, um mehr Zeit für ein Ausweichmanöver zu haben?«

»Wozu? Sie wissen doch, gerade die Relativitätstheorie sagt aus, dass eben nicht alles relativ ist. So ist die Lichtgeschwindigkeit ›c‹ immer konstant, unabhängig davon, ob wir nun schneller oder langsamer fliegen würden.«

»Entschuldige, Ben. Für mich sind diese ganzen Theorien nicht so selbstverständlich, wie sie für dich zu sein scheinen.«

»Schauen Sie, ob wir mit 99,99 Prozent, mit 99 Prozent oder 90 Prozent von ›c‹ fliegen würden, es bliebe uns in jedem Fall etwas mehr als eine Sekunde, um zu reagieren und den Kurs zu ändern.«

»Ja, ja, du wirst schon recht haben. Ich glaube …«

»Wir haben jetzt BOZ T + 12 h 45 min«, unterbrach ihn Young, »ich ändere den Kurs um fünfundvierzig Grad.«

»Ja, tu das, Junge.«

Nach dieser und weiterer sechs Kursänderungen um fünfundvierzig Grad befand sich das Raumschiff schließlich wieder auf dem vorgegebenen Kurs.

Langeweile war in der Zwischenzeit an Bord nicht aufgekommen. Schicklgruber hatte reichlich Geschichten aus seinem Leben zum Besten gegeben – aus der guten alten Zeit – und die Örsted hatte sich als durchaus angenehme Begleitung erwiesen und die Männer bestens mit vortrefflichen Mischungen aus der Space-Nahrung versorgt.

Dennoch fiel Young augenblicklich auf, als sich plötzlich der

Lichtstrahl vor dem Raumschiff stark krümmte und im Nichts zu verschwinden schien.

Bei all seinem Scharfsinn hatte er zweierlei nicht bedacht:

Zum einen waren sie vom Kurs abgewichen, um dem Schwarzen Loch auszuweichen, auf das sie nun nach den Kurskorrekturen von dreihundertsechzig Grad wieder zuflogen; zum anderen hatte er die menschliche Reaktionszeit von etwa 0,2 bis 0,4 Sekunden außer Acht gelassen, der auch er, selbst hier in der Schwerelosigkeit, unterworfen war.

Ungeachtet des verzweifelten Versuchs einer Korrektur, ließ die Gravitation des Schwarzen Lochs das Raumschiff nun nicht mehr los. In immer kleiner werdenden Kreisen bei zunehmender Beschleunigung stürzten sie auf das Loch zu. Die Geräusche, die von den Außenwänden des Raumschiffs zu hören waren, ließen das Schlimmste befürchten. Sie erinnerten Young an Szenen aus alten Filmen, wenn ein U-Boot unter die ihm mögliche Wassertiefe hinabsank. Er zog sich sicherheitshalber seinen Raumanzug an und war gerade auf dem Weg, den beiden anderen die Situation zu erklären, als im gleichen Moment, in dem Schicklgruber die Tür seiner Kabine öffnete, um sich zu erkundigen, was denn los sei, das Raumschiff zerbarst.

Offensichtlich waren sie auf den Ereignishorizont des Schwarzen Lochs geprallt. Der Sichtkontakt zu Schicklgruber riss augenblicklich ab. Und Young befand sich, ohne zu wissen, was mit den beiden anderen geschah, allein im weiteren Fall in das Loch hinein.

Allerdings verspürte er zu seiner Überraschung nichts von den Kräften, die nun auf ihn wirken mussten. Er fiel mit dem Kopf voran, und nach allem, was er wusste, hätten ihn die unterschiedlichen Kräfte der Gravitation, die an Kopf und Füßen auf ihn wirkten, auseinanderreißen müssen. Da jedoch nichts dergleichen geschah, schloss er daraus, dass er selbst nun der gleichen Zusammenballung von Materie unterworfen war, die sich wohl auch bei der Entstehung eines Schwarzen Lochs abspielte.

Er war ein stattlicher junger Mann von sechs Fuß Größe und einem Gewicht von zwölf Stone – wie man in seiner Heimat noch zu sagen pflegte. Die Gesamtheit der Atome seines Körpers bestanden bei diesen Maßen, physikalisch gesehen, aus einer Anzahl von etwa $1,35 \times 10^{29}$ Quarks sowie aus $2,5 \times 10^{28}$ Elektronen, die sich auf Bahnen um den Atomkern herum bewegten, deren Radien im Verhältnis größer waren als der Abstand der Sonne zu den Planeten des Sonnensystems. Je näher er also der sogenannten Singularität des Schwarzen Lochs kam, desto geringer würde der Abstand der Elektronen zu den Quarks werden, bis sie schließlich ein einziges Masseprodukt bilden müssten.

Er wäre dann zu einer Art einzigartigem Neutron geworden. Aber was dann? Wie würde es weitergehen?

Noch mit diesen Fragen beschäftigt, glaubte Young mit einem Mal in dem Nichts, das ihn umgab, kleine, allmählich jedoch größer werdende, kreisrunde Objekte zu erkennen, die in einem heillosen Durcheinander um ihn herum flogen. Vermutlich war er mittlerweile auf eine Größe unter 10^{-12} Zentimeter geschrumpft, so dass es sich bei diesen Objekten um freie Quarks, Elektronen oder auch Photonen handeln konnte. Sollten alte Berechnungen richtig sein, würde er nun unaufhörlich weiter schrumpfen, bis er bei seinen Maßen eine Größe von etwa $1,14^{-23}$ Zentimeter erreicht hätte, bei der sein maximales Körperminimum liegen dürfte. In diesem letzten Stadium, gewissermaßen am Rande der Singularität, sollten dann auch keine Elementarteilchen mehr umherfliegen können. Nur im Moment, im Stadium des Übergangs, könnten ihm diese Teilchen, die für ihn nun schon die Größe von Tennisbällen erreicht hatten, gefährlich werden. Aber obwohl ihn schon einige dieser Teilchen getroffen zu haben schienen, hatte er nichts verspürt, was auf Masse schließen ließ, so dass er beruhigt den Schluss daraus zog, sich auf den reinen Wellencharakter von Elementarteilchen beschränken zu können, als er plötzlich einen fürchterlichen Schlag auf den Hinterkopf erhielt.

Wahrscheinlich der Treffer eines Quarks, Elektrons oder Photons, bei denen es sich also keineswegs um Wellen handelte, die nur im Moment der Beobachtung oder Messung zu konkreten Teilchen wurden. Es war nämlich nicht anders, als sei er auf der Erde von einem faustgroßen Stein getroffen worden, was bei ihm eine solche Erschütterung auslöste, dass sein Kurzzeitgedächtnis komplett ausgeschaltet war, wohingegen sein Langzeitgedächtnis noch einwandfrei zu funktionieren schien. Er hätte also, wenn man ihn gefragt hätte, sagen können, wer er war und woher er kam, aber er hätte nicht gewusst, wo er sich zurzeit befand und wie er hierhergekommen war. Nur ein eher unbestimmtes Gefühl verlieh ihm eine Ahnung davon, was geschehen war und was gerade geschah.

Doch die Fragen, die er sich selbst stellte, hatte er nahezu im gleichen Moment schon wieder vergessen, indem er sie sich stellte. Ebenso die Antworten, die er sich selbst gab, wenn er sich welche gab. Und die eine Frage, die ihn mangels jeglichen Zeitgefühls am meisten beschäftigte, konnte er sich sowieso nicht beantworten: Er hätte nämlich zu gerne gewusst, wie viel Uhr es eigentlich war, und warf immer und immer wieder einen Blick auf seine Armbanduhr. Sie stand jedoch still – sei es aufgrund eines Defektes (vielleicht durch den Aufprall auf den Ereignishorizont) oder sei es aus anderen Gründen.

Mit einem Mal, vermutlich hatte er nun die Singularität erreicht, tauchten in ihm Bilder aus Erinnerungen auf, von denen er nicht hätte sagen können, ob es überhaupt seine eigenen waren.

Er sah sich in den unergründlichen Tiefen eines unendlichen Meeres schweben, den Blick zur hellen, unerreichbar scheinenden Oberfläche gerichtet, die er schließlich doch noch, dem Ersticken schon nahe, erreichen konnte. Auftauchend sah er in das golden glänzende Licht einer Sonne, die unaufhörlich, während er an der grenzenlosen Oberfläche trieb, größer und größer werdend, in ein immer dunkleres Rot überging, bis sie schließlich allen Raum um ihn herum erfüllte.

Sah etwa so sein eigenes Ende aus? Oder sogar das Ende von allem?

Er wusste es nicht. Denn bei all den Bildern, die er sah, und bei all den Fragen, die er sich stellte oder glaubte, sich gestellt zu haben, hätte er nicht einmal mehr sagen können, ob er überhaupt noch existierte oder ob er nur ein Traum seiner selbst war. Mal glaubte er, noch zu leben, mal überkam ihn das Gefühl, tot zu sein und sich im Himmel zu befinden, in einem Himmel, wie man ihn sich als Kind vielleicht vorstellte, in dem alles schwerelos war, wie ein Traum, ohne all die irdischen Einschränkungen … raum- und zeitlos.

Vielleicht aber war er auch nur in eine Art anderer Welt geraten, die parallel zu der vorherigen lief, in der alles genau so zu sein schien wie zuvor und doch auf eine unerklärliche Weise ein wenig anders?

Oder er war eine Ewigkeit später zur gleichen Zeit in den gleichen Ablauf geraten, in dem er sich zum Zeitpunkt seines Verlassens befunden hatte?

Er wusste es nicht.

Woher auch?

Wer hätte es ihm sagen können?

Nur so viel ist sicher: Mag für die Lebenden auch eine unvorstellbar lange Zeit von einer Ewigkeit zur nächsten vergehen, für die Toten wird es nicht einmal ein Augenblick gewesen sein.